ロダンやトルストイ　させぬ
まぶらふことを　は
ほんたうに喜んで居る
鏡花小史

泉鏡花俳句集

秋山稔 編

紅書房

泉鏡花〔明治 36 年（1903）頃撮影〕
写真提供・泉鏡花記念館

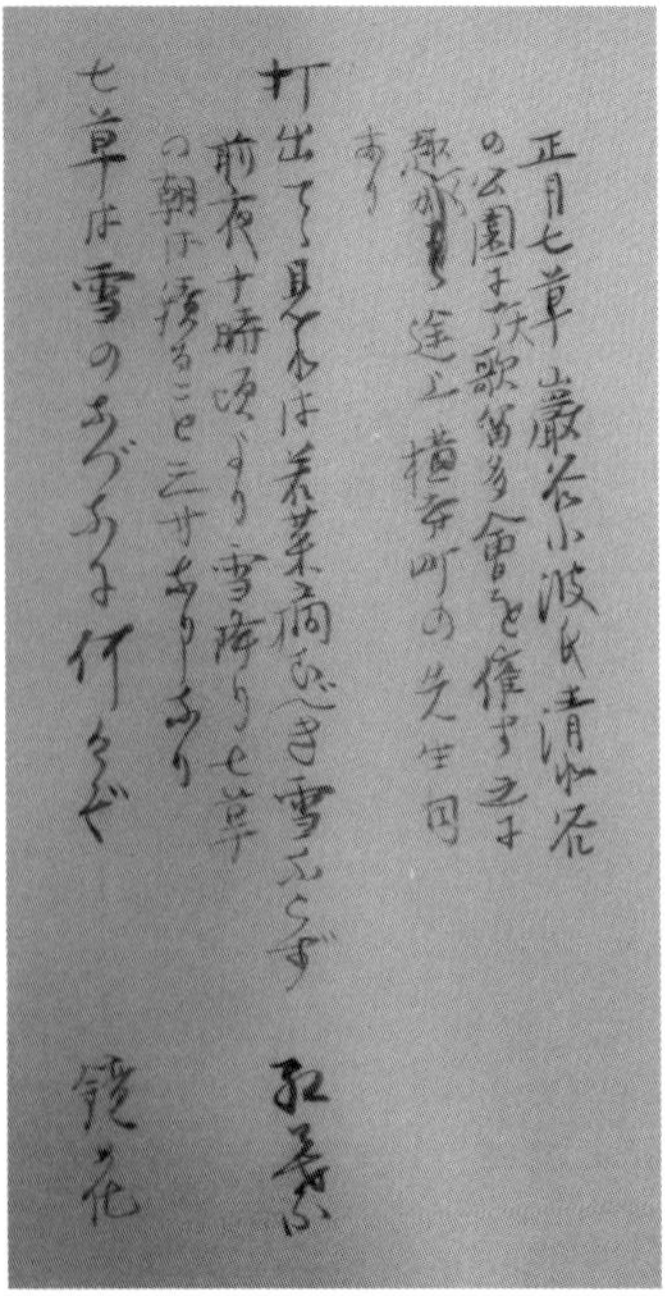

巌谷小波主催の「歌留多会」に向かう途上、尾崎紅葉と泉鏡花が詠んだ句（泉名月氏旧蔵資料）

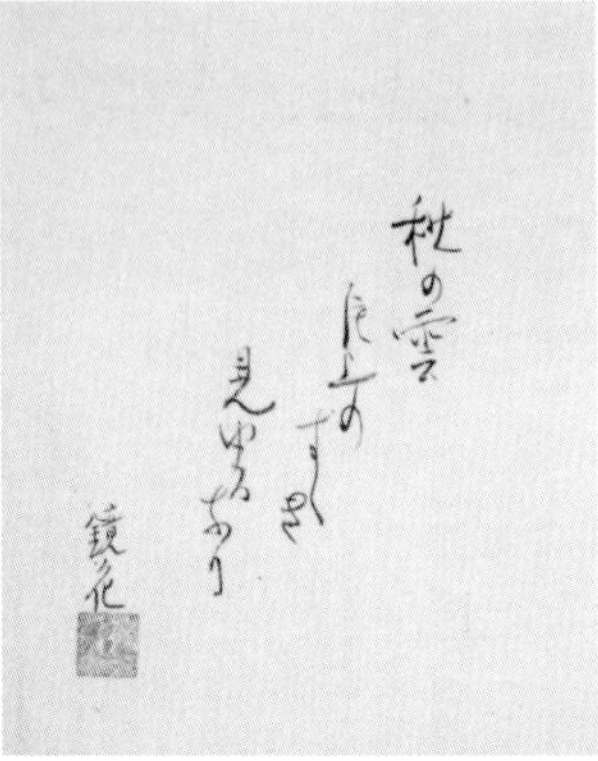

自筆色紙「秋の雲尾上のすすき見ゆるなり」（左右とも泉鏡花記念館蔵）

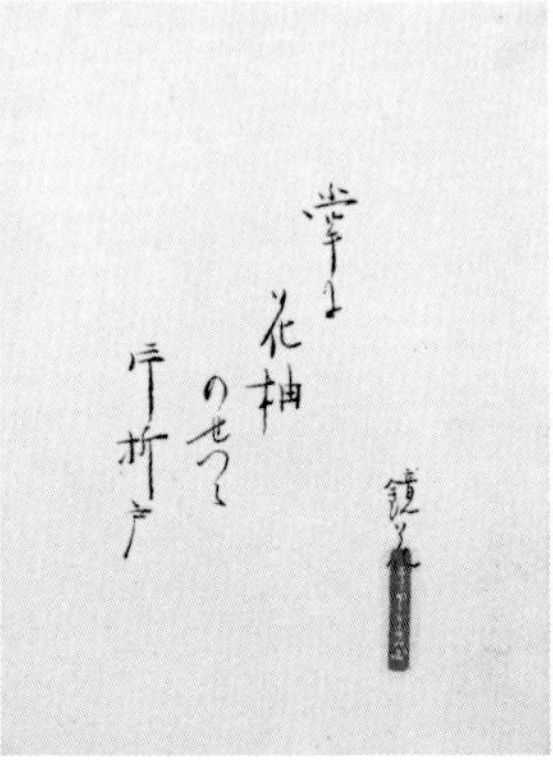

折帖「掌に花柚のせつつ片折戸」

はじめに

泉鏡花（本名、鏡太郎）は、生前俳句集を編むことがなかった。句集刊行は、本書が初めてであり、現在判明している鏡花の句をできるだけ多く収録し、その全貌を明らかにすることに努めた。鏡花の俳句は、以下のような全集、選集に集成されてきた。

1　春陽堂版『鏡花全集』巻十五（昭和二年七月五日）所収。
「発句」春・夏・秋・冬、七十六句。

2　岩波書店版『鏡花全集』巻二十七（昭和十七年十月二十日）所収。
「俳句」春・夏・秋・冬、二百三句（1のうち、七十五句を含む）。

3　同右、別巻（平成元年一月十日）。
「拾遺　俳句」十三句。

4　岩波書店版『新編　泉鏡花集』別巻一（平成十七年十二月十四日）。
「拾遺（俳句）」発表順、出典明記。百六十三句。

右のうち、春陽堂版『鏡花全集』巻十五所収の「発句」は、「澄江堂、傘雨両宗匠の選」、つまり芥川龍之介・久保田万太郎による（鏡花「献立小記」、大正十四年三月一日付「東京朝日新聞」）。また、『新編　泉鏡花集』「拾遺（俳句）」は、吉田昌志氏編集により、初出誌紙を明記する労作である。

岩波書店版全集は、春陽堂版全集から一句を除く七十五句を含む。したがって、1～4に収録する鏡花俳句の合計は、三百八十句となる。しかし、これがすべてではない。俳句の発表年月日・掲載誌紙、句数まで記す田中励儀編「著作目録」（『新編　泉鏡花集』別巻二、平成十八年一月二十日）によれば、昭和十四年九月七日に亡くなるまでに鏡花が発表した俳句は、四百六十九句を数える（全集収録句を除く）。他誌紙に再掲した重複句が多いことによる。一方、春陽堂版全集でも、約半数が「著作目録」に該当句がなく、初出未詳である。岩波書店版全集のうち、初出が確認できない句があり、これらの今後の調査が待たれる。

さらに注意されるのは、「著作目録」とは別に、鏡花の俳句が、「百物語」（明治二十九年七月二十六日付「北國新聞」）をはじめとする随筆や紀行、書簡にもみられるということである。泉鏡花記念館図録『鏡花』（平成二十一年三月二十日）などの紹介する書画・短冊はいうまでもなく、泉名月氏旧蔵の鏡花資料にも、三百枚余りの俳句草稿・句会の記録がある（秋山「鏡花と句会―泉名月氏旧蔵資料の翻刻と紹介」、「鏡花研究」14号、令和二年三月三十一日）。

本句集においては、田中励儀編「著作目録」に基づいて確認した俳句、全集収録句、随筆や書簡所収句、泉名月氏旧蔵資料の一部、さらには、鏡花が弟斜汀（斜汀。本名豊春）と連名で発表した「前書なし理屈なし」（明治三十年八月七日「北國新聞」）も含めた鏡花俳句五百四十四句を収録することとする。

鏡花俳句鑑賞の便宜をはかることを目的に、以下の編集方針を定めた。

1　田中励儀編「著作目録」に拠って確認した俳句の初出、全集等の収録句、随筆・書簡、図録等の短冊、洒亭と連名の「前書なし理屈なし」、泉名月氏旧蔵資料の句会の記録から鏡花の署名のあるもの、俳句草稿の一部、合計五百四十四句を収録した。

2　生前刊行の春陽堂版『鏡花全集』収録句を作者の意を反映した本位句とし、岩波書店版『鏡花全集』収録句をこれに準ずるものとした。但し、昭和期発表作で異同のある場合は、昭和期発表作を没後刊行の岩波書店版全集に優先した。春陽堂版全集と表記に異同のない場合は初出を採用した。初出・再掲句などの異体句は、発表順に一字下げて並記した。全集未収録句は、再掲句を推敲を経た本位句とし、初出等を一字下げて並記した。

3　春陽堂版全集は、始め「昭2・7・5『鏡花全集』巻十五」とし、二回目以降は「昭2「春・全集」」と略記した。岩波版全集は、始め「昭17・10・20『鏡花全集』巻二十七」とし、二回目以降は「昭17「岩・全集」」と略記した。

4　初出の発表年月日・「掲載誌紙名」・選者・編者・「題名」の順に列挙し、随筆・紀行・書簡についても同様とし、詞書も付記した。全集・没後の掲載句についても、同様とした。

5　俳句草稿・句会草稿は、鏡花没後に泉家に残された資料、泉名月氏旧蔵資料による。俳句草稿から、鏡花文学の多様性を示すものを中心に採用した（「解説」参照)。

6　句会については、秋山「鏡花と句会」(前出)によって、兼題・即題を示した。「(百合)」のように(百合)で示したものは、詠句による仮題である。

7　二種の鏡花全集は四季による分類だが、「新年」の句が少なくないことから、四季の前に「新年」を設けた。配列は、鏡花と同時代の改造社版『俳諧歳時記』(昭和八年七月三日〜十二月二十日)に従い、新年・春・夏・秋・冬に分け、時候・天文・地理・人事・宗教・動物・植物の順とした。

8　漢字は、原則として現在通行の字体に改めた。但し、鏡花の表記の特徴を生かす必要がある「龍」など、底本の字体を残したものがある。

9　本文や振りがなの仮名づかいは、原則として底本に従った。反復記号も、同様とした。但し、新聞等の片仮名、変体仮名は、一部を除いて通行の仮名に改めた。送りがなは、難読や誤読の可能性がある場合に底本から採用した。底本に振りがなのない場合は、適宜補った。明らかな誤植は訂正した。

編者　記す

泉鏡花俳句集——目次

見返し文字・泉鏡花（泉名月氏御遺族蔵）
装幀・装画　木幡朋介

泉鏡花俳句集

新年

時候

元朝を傾城いまだ年あけず

明30・3・10「文芸倶楽部」・「ありのまゝ」

実景

明樽や古竹皮や露地の春

同右

わきもこはあらひ髪なり江戸の春

昭60・2「泉鏡花「墨の世界」展」（鳩居堂）

天文

紀伊の宮樟分《くすわけ》の社に詣づ、境内の樟幾千歳、仰いで襟を正しうす

あけの春大《おほ》樟《くすのき》に雲かゝる

明35・1・19「俳藪」寅一・「熱海の春」

初空や出の姿して日本橋

昭44・1・1付鰭崎英朋宛書簡

祝世界之日本発刊　二句

旗《はた》色《いろ》に比す日本の初日影

昭17・10・20『鏡花全集』巻二十七

御代の《また》春世界之日本となりにけり

昭17「岩・全集」

龍潭に初霞松の翠なり

俳句草稿

人事

若水や君が紅《くれなゐ》の玉《たま》襷《だすき》

明39・1・1「帝国画報」・「はいかい　弓はじめ」

若水や君が紅の玉だすき

明30・3・10「文芸倶楽部」・「ありのまゝ」

松立てゝ竹立てゝ人の臈《らふ》たけし

明30・3・10「文芸倶楽部」・「ありのまゝ」

門《かど》の松背戸の大松みどりなり

明32・1・1「読売新聞」・「かやかちくり」

背戸の小松門の大松翠なり

明30・3・10「文芸倶楽部」・「ありのまゝ」

門松や背戸の大松緑なり

明36・9・19 尾崎紅葉編『俳諧新潮』（冨山房）

伊豆山にて

門松やたをやめ通る山の裾

明35・1・19「俳藪」寅一・「熱海の春」

山行けばはじめて松を立てし家

明35・1・19「俳藪」寅一・「熱海の春」

門《かど》の松狂女の背にたそがる、

俳句草稿

初手水《はつてうづ》虫歯の痛き我起きたり

明30・3・10「文芸倶楽部」・「ありのまゝ」

初風呂やつきせぬながれ清元の

昭17「岩・全集」

大雅画き玉蘭讃す試筆かな

明32・1・1「新小説」

女房に襦袢縫はせて春着かな

明42・1・7付後藤寅之助宛葉書

箸をお取り遊ばせといふ喰積や
明35・1・19「俳藪」寅一・「熱海の春」

兀《はげ》山《やま》の日のあたる処《ところ》遣《やり》羽《は》子《ご》す
同右

音冴えて羽根の羽白し松の風
昭17「岩・全集」

君が代の石ともならす芋の頭《かみ》

明32・1・1「読売新聞」・「かやかちくり」

買《かひ》初《ぞめ》に雪の山家の絵本かな

昭2・7・5『鏡花全集』巻十五

鳥追の手をひかれたる盲目《めしい》哉

明30・3・10「文芸倶楽部」・「ありのまゝ」

黄昏る、戸に鳥追の腕白し

明30・3・10「文芸俱楽部」・「ありのまゝ」

富士遠く万歳行くや野の夕

明31・1・20「太陽」

七草雨の日

七草の朝から雨となりにけり

明30・3・10「文芸俱楽部」・「ありのまゝ」

七草は雪のなづなに何々ぞ
俳句草稿（口絵参照）

まな板に旭さすなり芹《せり》薺《なづな》
昭2「春・全集」

植物

簑《みの》ながら門田《かどた》の若菜見初たり
明33・1・1「徳島日日新聞」・「長閑」

爪紅《つまべに》の雪を染めたる若菜かな

昭2「春・全集」

春

時候

臭きもの

葷《くん》酒《しゅ》山門に入つて魚板を敲く春

明33・4・1「太陽」

六郷にて

猪口を手に渡《わたし》越《こ》すなり春の旅

明37・7・1「新小説」・「左の窓」

女つれてつむり光《ひかる》の春の人

同右

春浅し梅様まゐるる雪をんな

昭17「岩・全集」

春寒う目《め》笊《ざる》かはかす西日かな

明29・3・2「読売新聞」・「紫吟社月並句選」

釣鐘に袖触れつ春寒き寺

明32・2・15「読売新聞」

麗《うらゝか》や客は梅の間柳の間

明34・2・1「新小説」・「春五句」

弁当の菜も鰯よ長閑《のどか》さよ

明37・7・1「新小説」・「左の窓」

永き日を馬車に乗り行く飴屋かな

同右

春昼や城あとにしてさへのかみ

昭9・5・1「俳句研究」・「迎酒」

紅《こう》閨《けい》に簪《かざし》落ちたり夜半の春

昭2「春・全集」

おぼろ夜や片輪車のきしる音

明38・4・20「ハガキ文学」

凩や片輪車のきしる音　俳句草稿

おぼろ夜や去年《こぞ》の稲づか遠近《をちこち》に

昭11・9・1「俳句研究」・「こなから酒」

朧夜のさくらにすゞはなぜつけぬ

昭60・2「泉鏡花「墨の世界」展」

暮春の雨

松山の松や暮春の小糠雨

明31・5・2「読売新聞」・紫吟社「春夏五十句」

天文

植木屋の妻端居して夏近し
明28・6・27「詞海」・「紫吟社月並句集（一）」

春月や摩耶山忉利天上寺《まやさんたうりてんじやうじ》
昭2「春・全集」

なつかしき遊行柳や春の月
俳句草稿

君もゑもおなし姿やおぼろ月

昭17「岩・全集」

浮世絵の絹地ぬけくる朧月

同右

祖《ば》母《ば》様《さま》の白髪抜かばや春の風

明26・1・10付泉清次宛書簡

味噌

味噌糟や東風に乾かす片山家

明33・5・10「文芸倶楽部」・「即席探題／一分線香　俳句大角力」

天龍川大雨

天龍や篠を束ねて春の雨

明37・7・1「新小説」・「左の窓」

消えのこる梢は淋し春の雪

明26・1・18付泉清次宛書簡

新墓

新《しん》墓《ばか》の竹筒青し春の雪

明30・8・10「文芸倶楽部」・「雑句帖」

汽車行くこと十里にして春の雪まばら

明32・7・1「文芸倶楽部」・「丸雪小雪」・「汽車」

城一つ巽に霞む広野かな

明29・3・20「太陽」・鳴雪選「ほつ句」

地理

春の川ふたりが中を流れけり

俳句草稿

送別

春の海ゆらりと舟に乗り給へ

明33・5・1「太陽」・紫吟社「春五題」

苗代のそよぐともなき日影哉

明29・4・5「太陽」・鳴雪選「発句」

陵《みさゝぎ》や常盤木《ときわぎ》古りて残る雪

明29・3・20「太陽」・鳴雪選「ほつ句」

昨今《きのふけふ》雪解《ゆきげ》の瀧となりにけり

明33・1・1「徳島日日新聞」・「長閑」

恋人と書院に語る雪解かな

大15・2・1「女性」・「雪解」

人事

城山を望みて
山焼くや豊公《ほうこう》小田原の城を攻む
明35・1・19「俳藪」寅一・「熱海の春」

此《この》雛《ひな》に母の紀念の衣着せむ
明26・1・10付泉清次宛書簡

冠《かんむり》きせ参らせせつゝも雛の顔
昭17「岩・全集」
※明治40年2月鰭崎英朋長女誕生祝

雛ばかり色ある雪の山家かな

俳句草稿

曲水 西

曲水や糸底に名をかきつけし

明33・5・10「文芸倶楽部」・「即席探題／一分線香　俳句大角力」

盃の八艘飛ぶや汐干狩

明28・6・27「詞海」・「紫吟社月並句集（一）」

雨の中摘むべき草を見てすぎぬ

昭2「春・全集」

雨の中摘むべき草を見て過ぎぬ

明31・4・4「読売新聞」・紫吟社

摘草の小《コ》断《モノ》はらはふ芝生哉

明31・4・4「読売新聞」・紫吟社

夕月や一本杉のかゝり凧

明29・4・5「太陽」・鳴雪選「発句」

鼯るとしもあらす懸れり蒸鰈
明31・4・11「読売新聞」・紫吟社「春廿三句」

白酒の酔ほのかなり絵雪洞
昭14・10・1「俳句研究」

宗教

唄はずて娘毬つくねはん寺
昭11・9・1「俳句研究」・「こなから酒」

灌仏《くわんぶつ》や桐咲くそらに母夫人《はゝぶにん》
同右

動物

大屋根やのぼりつめたる猫の恋
明26・7・1付泉清次宛書簡

町内の鶯来たり朝桜
昭2「春・全集」

うつくしや鶯あけの明星に

昭9・5・1「俳句研究」・「迎酒」

夕なきす鶯たかき銀杏かな

同右

燕見て子を思ふ親の恩深し

明26・1・10付泉清次宛書簡

並木の松

九本めに五位鷺宿る並木かな

明31・3・5「太陽」・「飛花洛葉」

山鳥の雌《め》雄《を》来て遊ぶ谷の坊

昭11・9・1「俳句研究」・「こなから酒」

囀《さへづ》りや鍋釜洗ふ里の川

明29・4・5「太陽」・鳴雪選「発句」

帰る鳥

枝よりして梢よりして鳥帰る

明31・5・2「読売新聞」・紫吟社「春夏五十句」

小夜の中山晩景

古寺や谷をこぞりて鳴く蛙

明37・7・1「新小説」・「左の窓」

白魚にキスするよしもなかりけり

平21・3・20 図録『鏡花』（泉鏡花記念館）

三日月の流れ〳〵て小鮎飛ぶ

明29・4・20「太陽」・鳴雪選「発句」

飯蛸の頭つゝきつ小《こ》鍋《なべ》立《だて》

昭17「岩・全集」

地虫穴を出る

いで立つや根来の塔の蟻法師

明39・5・5　牧野誠一編『新俳句帳　春之巻』

初蝶のまひまひ拝す御《み》堂《だう》かな

昭17「岩・全集」

※昭和13年3月、花柳章太郎が日限延命地蔵尊に奉納した「お千世の額」の句

大蜂の鳴き〳〵楠を繞りけり

明30・4・1「文芸倶楽部」・紫吟社「春五十句選」（五巻）

面小手や蜂の巣落す幼な武者

明31・4・11「読売新聞」・紫吟社「春廿三句」

長《をさ》の家わづかに蠶《かひこ》なき一間《ひとま》

長が家わづかに蠶無き一間

明33・4・26「読売新聞」・「春夏廿三句」

昭2「春・全集」

古井戸や水あらなくに石龍《とかげ》出る

明30・5・3「読売新聞」むらさき吟社「春四十句」

植物

土橋からわかる、梅の小道哉

明29・3・20「太陽」・鳴雪選「ほつ句」

梅はやき夕暮日金《ひがね》おろしかな
明35・1・19「俳藪」寅一・「熱海の春」

あし垣や梅ちらほらと浦の春
明40・1・1「俳藪」・「晩鐘会」

むかふるに柳おくるに梅の宿
昭17「岩・全集」

井戸端に紅梅の雨なゝめなり

同右

紅梅に玉なゝめ也井戸のあめ

同右

紅梅に篠つく雨や車井戸

平17・12・14『新編 泉鏡花集』別巻一

春述懐

君と我糸にぬきしよ此椿

明30・2・6「読売新聞」

紅《べに》椿《つばき》つとおつ午《ご》時《じ》の炭俵

昭9・5・1「俳句研究」・「迎酒」

友染の夜具欄《おばしま》干に椿かな

大15・2・1「女性」・「雪解」

はや業の君梅の枝折り得たり
俳句草稿

朝起

朝起のゆふべは花の闇なりき
明29・4・6「読売新聞」・「紫句選」

いつ植ゑて花の主のうら若き
明31・4・11「読売新聞」・紫吟社「春廿三句」

北に筑波花の堤を人かへる

明31・4・27「読売新聞」・紫吟社「花づくし」

旅にして花の江戸屋のなつかしき

明37・5・2付泉家宛葉書

雪洞《ぼんぼり》をかざせば花の梢かな

昭2「春・全集」

花の山麓の橋の人通り

昭11・9・1「俳句研究」・「こなから酒」

初桜是に命と彫りつけたり

明25・5・14付松井知時鏡花宛書簡

十郎は船に五郎はさくら茶屋

明31・4・27「読売新聞」・紫吟社「花づくし」

蕉園をおもふ
普《ふ》門《もん》品《ぼん》ひねもす雨の桜かな
昭2「春・全集」
※大正7年1月池田蕉園忌明けの題句

公園の桜月夜や瀧の音
昭9・5・1「俳句研究」・「迎酒」

鈴つけて桜の声をきく夜かな
昭14・10・1「俳句研究」

曙の墨絵の雲や糸さくら
昭9・5・1「俳句研究」・「迎酒」

影《えい》向《かう》のあさきすみぞめ夕桜
昭17「岩・全集」

母こひし夕山桜峯の松
昭2「春・全集」

階子《はしご》して花屋が室を山桜

昭9・5・1「俳句研究」・「迎酒」

山端《やまばな》や一もと桜おそ桜

昭17「岩・全集」

花李《はなすもゝ》美人の影の青きまで

昭2「春・全集」

雲助の裸で寝たる緋木瓜《ひぼけ》かな

昭11・9・1「俳句研究」・「こなから酒」

腰元の斬られし跡や躑躅咲く

明29・4・20「太陽」・鳴雪選「発句」

紫の映山紅《つゝじ》となりぬ夕月夜

昭2「春・全集」

紫のつゝじとなりぬ夕月夜　俳句草稿

藤棚や雨に紫《むらさき》末《すそ》濃《ご》なる

昭2「春・全集」

藤

藤棚や雨に紫末濃なる

明31・5・2「読売新聞」・紫吟社「春夏五十句」

白《しら》藤《ふじ》や小《こ》瀧《だき》の橋の朱《しゅ》欄《らん》干《かん》

昭11・9・1「俳句研究」・「こなから酒」

袖の影藤もろともに潦《にはたずみ》

俳句草稿

月段々柳を出で、まん円き

明33・1・1「徳島日日新聞」・「長閑」

月少しつゝ柳の中を出て円き

明31・4・11「読売新聞」・紫吟社「春廿三句」

番傘や柳《やなぎ》堤《づゝみ》にさしかゝる

同右

夕月や柳をいどむ獺の影

明34・1・10「読売新聞」・秋声会「年頭卅五句」

柳に衣類

土手の柳母衣靡くこと五十間

明34・2・21「読売新聞」

駅路《うまやぢ》や茶屋の柳の朝ぼらけ

明37・7・1・「新小説」・「左の窓」

里の川雨の山吹濁りけり

明28・6・27「詞海」・「紫吟社月並句集（一）」

紅葉館に来たりて

山吹の雨やしやうぎに籠りたる

大4・3・29付鰭崎英朋宛葉書

浅学

山吹によき句すくなし今むかし

昭11・9・1「俳句研究」・「こなから酒」

山吹に蓑着て通る径《こみち》かな

俳句草稿

菜の花をちよと掛川《かけがは》や水車

明37・7・1「新小説」・「左の窓」

花《はな》菫《すみれ》や、ハイカラの思あり

同右

すみれ野や松葉かんざしおとしざし

昭17「岩・全集」

佐野

翹揺《げんげ》花《ばな》や富士の裾野の二三反

明37・7・1「新小説」・「左の窓」

紅《くれなゐ》の翹揺の花《はな》川《かは》見ゆるなり

同右

吉原にてお天気曇る

薄雲や野末は翹揺の花《はな》明《あか》り

同右

故中田惣之助氏は鼓の名人なりし

名人がしらべ残すや夕、タンポポ

明26・5・10付泉豊春宛書簡

馬《ば》蘭《れん》の陰に朽ちたり一つ何等の実

明31・4・11「読売新聞」・紫吟社「春廿三句」

小笹篠笹其陰に蕨五六本

明29・4・20「太陽」・鳴雪選「発句」

大俎板の端に寸余の山葵《わさび》哉

明31・4・4「読売新聞」・紫吟社

道端や雪の下草見え初むる

明33・1・1「徳島日日新聞」・「長閑」

夏

時候

琵琶抱いたまゝ夏のわかれ哉

俳句草稿

低字結

雲低し雨の五月の海遠み

明30・7・1「文華」・「紫吟集」

悟空三たび芭蕉扇《ばせうせん》を調《とゝの》ふ極暑かな

昭2「春・全集」

天文

蟹の目の巖間に窪《くぼ》む極暑かな
昭17「岩・全集」

片《かた》廂《ひさし》あまか仮《かり》寐《ね》や夏の月
明30・8・7「北國新聞」・鏡花・洒亭「前書なし理屈なし」

道行や雲の峰見る相の山
明34・8・19「俳藪」・「太極会（南岳報）」

雲の峯石伐る斧の光《ひかり》かな

昭2「春・全集」

こむ僧の二人つれたつ雲の峯

昭9・5・1「俳句研究」・「迎酒」

溝川に蓮《はちす》咲きけり雲の峰

昭17「岩・全集」

雲の峰乾の海に日は入りぬ

句会「(夕立　雲の峰)」

雲の峰頂に孫悟空哉

同右

雲の峰野末に煉瓦並び立つ

同右

青あらしちらほらと帆の白きあり

句会「青あらし」

鷲飛ふやはるかに峰を青嵐

明30・8・7「北國新聞」・鏡花・洒亭「前書なし理屈なし」

気色だつ夜半の空や鴉のかぐら

句会「百日紅　空」

著作の報酬として源氏物語一部受取り申し候

風涼し明石の巻へ吹返へす

明26・7・1付泉清次宛書簡

雨天にたゞならずなりぬ空の色

句会「百日紅　空」

船頭も饂飩打つなり五月雨

昭2「春・全集」

船頭も饂飩うつなり五月雨

大10・8・1「婦女界」・「奥州白河の鳴蛙《めいあ》—名所名物の印象—」

五月雨や棹もて鯰うつといふ
昭9・5・1「俳句研究」・「迎酒」

五月雨や尾を出しさうな石どうろ
昭17「岩・全集」

五月雨を句集うつして暮れにけり
俳句草稿

五月雨に句集うつす身を清めけり

同右

夕立晴れて礫柱《はりつけばしら》ならびけり

明29・8・10「文芸倶楽部」・「百物語」

驟《しう》雨《ゝ》晴《はれ》礫柱《はりつけばしら》あらはるゝ

明29・7・26「北國新聞」・「百物語」

夕立の海見る椽や清《きよ》見《み》寺《でら》

明30・8・7「北國新聞」・鏡花・洒亭「前書なし理屈なし」

擬少年行

ゆふだちや洗つて酒を手水鉢

昭11・9・1「俳句研究」・「こなから酒」

雷《らい》やむて雄瀧の音となり に鳧《けり》

明29・7・27「読売新聞」・「紫句選」

矢《や》叫《さけび》や沖は怪しき五月闇

明40・3・3「徒歩主義」・「『怪談集』の序」

小字

日盛や汽車路はしる小さき蟹

明31・6・4「読売新聞」・紫吟社「夏五十句（上）」

日盛に知らぬ小鳥の遠音かな

昭11・9・1「俳句研究」・「こなから酒」

日ざかりや土手走り行くはだかの子

句会「（夕立　雲の峰）」

夏ふじや夏のふじではないさうな

句会「（夏ふじ　瓜）」

窓々や青田見めぐる羅漢堂

昭2「春・全集」

音や泉石の葱《しのぶ》のあさみとり

明32・6・22「読売新聞」

銀の如き清水湧くなり金砂子《きんすなご》

明30・8・7「北國新聞」・鏡花・洒亭「前書なし理屈なし」

若輩の拙句恐入候へども謹呈

野にいこひたまへは草に玉清水

俳句草稿

細瀧あり

鷗飛んで浪に驚く岩清水

明39・7・26付柳川春葉宛書簡

層字

細瀧や夏山蔭の五層楼

明31・8・15「読売新聞」・紫吟社「夏六十句」

人事

軒の菖蒲《あやめ》傘さしかけし白拍子

明30・8・7「北國新聞」・鏡花・酒亭「前書なし理屈なし」

かけ菖蒲して傘貸さむ女客

昭11・9・1「俳句研究」・「こなから酒」

あやめ湯の菖蒲《あやめ》さげ行く新湯かな

昭17「岩・全集」

はち巻の菖蒲《しやうぶ》花咲く簪《かざし》かな

同右

避暑

暑を避けてよき人おはす蜑《あま》か宿

明32・5・23「読売新聞」・むらさき吟社「夏三十八句」

声何

梅若が声つくろひや衣更

明33・4・26「読売新聞」・「春夏廿三句」

野へ三度山へ一度の袷かな

明28・8・6「詞海」・「紫吟社月並句集（二）」

新しき袷によるや風の皺

同右

うすものや月夜を紺の雨絣《あまがすり》

昭17「岩・全集」

わか松も小松も月の浴衣かな

同右

手にとれば月の雫や夏帽子

昭2「春・全集」

夏帽

手に取れば月のしづくか夏帽子

明32・5・23「読売新聞」・むらさき吟社「夏三十八句」

露次ぐちや女の袖に夏帽子

昭11・9・1「俳句研究」・「こなから酒」

貧字

粽《ちまき》持て来るや貧しき隣より

明29・4・20「読売新聞」・紫吟社「即吟抄」

唇

心太《ところてん》唇鳴す微風有り

明34・6・24「読売新聞」・「夏卅句」

眉

青《あを》簾《すだれ》眉の上まで捲いたりけり　　同右

黒猫のさし覗きけり青《あを》簾《すだれ》　　昭2「春・全集」

青簾黒猫の目の光りつゝ　　俳句草稿

踊子や日傘に蝶としるしたる　　明30・8・7「北國新聞」・鏡花・洒亭「前書なし理屈なし」

打水や自転車ベルを鳴したる

明30・7・26「読売新聞」・「夏三十二句」

打水

かくはかり打ちけん水か葉の雫

明32・5・23「読売新聞」・むらさき吟社「夏三十八句」

客ありやレモン白玉夏氷

明31・6・20「読売新聞」・紫吟社「夏廿四句」

土橋から一人消えたるすゞみ哉

明29・7・26「北國新聞」・「百物語」

ありさうにてまへがきなし

すゞみ台富樫ノ左衛門これにあり

昭9・5・1「俳句研究」・「迎酒」

読西遊記《さいいうきをよみ》

羅刹《らせつ》あねごに題す

夕すゞみ猿にうちはをとられけり

昭11・9・1「俳句研究」・「こなから酒」

もゝたゝき浄瑠璃語り涼台

句会「(初茄子　螢狩　夏の月　涼み　釣瓶　朝顔　蝙蝠)」

山寺に二人わひしき紙帳《してう》哉

明30・8・7「北國新聞」・鏡花・洒亭「前書なし理屈なし」

蛇の子のほたく／＼落る紙帳かな

句会「(紙帳)」

大路ゆくいざり車の紙帳かな

同右

泳き去つて蛇籠に衣残りけり

明31・6・6「読売新聞」・紫吟社「夏五十句（中）」・「游泳」

蚊遣火や君に盃《さかづき》さしも草

明30・8・7「北國新聞」・鏡花・洒亭「前書なし理屈なし」

氷字

氷嚢や蚊遣や恋の夜を徹す

明31・8・15「読売新聞」・紫吟社「夏六十句」

岸行くや雫も切らす四手網

明31・8・8「読売新聞」・紫吟社「夏三十二句」

田植女《たうゑめ》の皆石田縞着たりけり

明30・8・7「北國新聞」・鏡花・洒亭「前書なし理屈なし」

遠きもの

お物見に出ます日なり田植歌

明33・5・21「読売新聞」・「夏四十五句」

山北にて

早乙女の一人はものをおもふらし

明37・7・1「新小説」・「左の窓」

稗《ひえ》蒔《まき》に月さし入るや板廂

昭17「岩・全集」

稗蒔に月さし入るや板ひさし

明32・5・25「読売新聞」・「夏二十句」

みちのくの菅刈る宿に着きにけり

明33・7・10「文芸倶楽部」・「当季十八回」

旗太鼓雨乞に非ず格列拉《コレラ》遂ふなりき

明31・6・20「読売新聞」・紫吟社「夏廿四句」

白

洞穴やかはほり白き物かたり

明30・7・29「読売新聞」

動物

間道や蝙蝠羽うつ塔の下

明30・8・7「北國新聞」・鏡花・洒亭「前書なし理屈なし」

蝙蝠《かうもり》や二日月夜の柳町

昭2「春・全集」

小石川区
蝙蝠や二日月夜のやなぎ町

明33・5・21「読売新聞」・「夏四十五句」

蝙蝠に小万小女郎小あしかな

句会「(初茄子　螢狩　夏の月　涼み　釣瓶　朝顔　蝙蝠)」

夜に入れば人の来まじき処ぞ蝙蝠住む

俳句草稿

蝙蝠や酒屋の軒に黄昏る、

同右

玉造温泉にて

水晶を夜切る谷や時鳥

昭2「春・全集」

白山のそのしの、めやほと、ぎす

昭11・9・1「俳句研究」・「こなから酒」

辻占探題（にくいよ）

物言はぬ僧に逢ひけり閑古鳥

明33・5・21「読売新聞」・「夏四十五句」

佐用媛の石に声あり閑古鳥

句会「（閑古鳥）」

中川や富士に対して行々子

明34・8・19「俳藪」・「夏季雑吟」

木隠る、翡翠の背の夕日かな

明29・5・25「読売新聞」

馬《うま》道《みち》を水鶏《くひな》のありく夜更かな

明29・7・26「北國新聞」・「百物語」

某庵に剃製の水鶏あり

明30・8・7「北國新聞」・鏡花・洒亭「前書なし理屈なし」

鳰《にほ》の巣の浮きけり鐘の沈みけり

明31・8・8「読売新聞」・紫吟社「夏三十二句」

干棹や東山から蟬が来る

明31・8・20「太陽」

対岸の土手に虹立つ蟬時雨

句会「(夕立　雲の峰)」

蛾多く我灯を消して寐たりけり

明30・7・26「読売新聞」・「夏三十二句」

皆消えて一つの螢大いなり

明31・6・20「太陽」

みな消えて一つの螢大いなり

明31・5・27「読売新聞」・紫吟社「夏十句」

皆消えて一つの螢大なり

明治33・7・1「読売新聞」

髪長き螢もあらむ夜はふけぬ

昭9・5・1「俳句研究」・「迎酒」

ゆく螢宿場のやみを恋塚へ

同右

うすもの丶螢を透す螢かな

同右

苔の露十三塚の螢かな

昭11・9・1「俳句研究」・「こなから酒」

梟の声にみだれし螢かな

同右

午《ひる》の螢ゆびわの珠《たま》にすき通る

昭17「岩・全集」

顔へ来る蚊は叩かれぬ近眼目《ちかめ》かな

明26・7・1付泉清次宛書簡

宿々の蚤おち合ひぬ大井川

明29・6・8「読売新聞」・紫吟社「即吟抄」

縋《すが》りても動かぬ塚やかたつふり

明28・8・6「詞海」・「紫吟社月並句集（一）」

蓮の葉にとんでひつくりかへるかな

明26・7・14付泉清次宛書簡

なく蛙白河に関はなかりけり

昭2「春・全集」

今年五月中旬、奥州に旅行いたし候。
汽車の夜ふけ、雨しとゝ降り、蛙なきしきり候、
白河にて、あつき饂飩を買ひ候《そろ》、味よし、
折からの景趣一段に存じ候。

鳴く蛙白河に関はなかりけり

大10・8・1「婦女界」「奥州白河の鳴蛙—名所名物の印象—」

苫船か苫屋か宵の遠蛙

昭11・9・1「俳句研究」・「こなから酒」

魔所黒壁《くろかべ》の蝦蟇法師

石垣にぎやあと生る、蛙かな

平17・12・14『新編　泉鏡花集』別巻一・「蝦蟇法師」草稿

ひきがへるまじ〳〵ぱくり〳〵かな

明29・7・15付小杉天外宛書簡

蟇どのがかしこまります盥かな

明29・8・5「北國新聞」・「ひとつふたつ」

今朝波切不動尊に参詣、
逗子の海浜より波打際のがけづたひに蜀道の嶮を越えて
山腹を攀づる処奇勝にこれあり、

杜戸遠景

小鰺釣るや岩と船と岩岩と船と岩

明39・7・26付柳川春葉宛書簡

植物

栃の木や山駕籠寒き夏木立

明30・8・7「北國新聞」・鏡花・洒亭「前書なし理屈なし」

神主の住家古りたり夏木立

句会「(燈籠　夏木立　螢　青田　夕立　暑さ)」

瀧三条夕日にかゝる新樹かな

昭2「春・全集」

瀧三すち夕日に懸かる新樹かな

明29・5・4「読売新聞」・紫吟社「即吟抄」

絶壁に瀑のきらめく新樹かな

明29・5・4「読売新聞」・紫吟社「即吟抄」

新築の青葉がくれとなりにけり

新築の青葉かくれとなりにけり

明30・8・7「北國新聞」・鏡花・洒亭「前書なし理屈なし」

昭2「岩・全集」

黒髪や若葉のなかにみどりなる

俳句草稿

幻の添《そう》水《づ》見えける茂りかな

昭9・5・1「俳句研究」・「迎酒」

旅硯院々の桜葉となりぬ

明31・5・2「読売新聞」・紫吟社「春夏五十句」・「葉隠」

葉桜に御《ご》油《ゆ》の灯《ともし》や宵の雨

明37・7・1「新小説」・「左の窓」

葉柳や盥のきぬの浅みどり

昭11・9・1「俳句研究」・「こなから酒」

巌窟の記念碑暗し青楓

句会「残暑と青楓」

青楓鉄《かな》網《あみ》はりし井戸一つ

同右

飛騨越の一谷は青楓かな
同右

燈籠と松と柘榴と青楓
同右

親竹の子ゆゑの闇や夕月夜
明28・8・6「詞海」・「紫吟社月並句集（二）」

竹の子や藪の中から酒買ひに

昭11・9・1「俳句研究」・「こなから酒」

筍や貉《むじな》の穴の葎《むぐら》より

昭17「岩・全集」

筍や貍の穴の葎より

昭11・9・1「俳句研究」・「こなから酒」

若竹や灯《ともしび》ふかき夜の雨

明30・8・7「北國新聞」・鏡花・洒亭「前書なし理屈なし」

五十坪草しける中の古井哉

明31・5・27「読売新聞」・紫吟社「夏十句」

境内の小池干せたり百日紅

句会「百日紅　空」

干板や紅《モミ》布《キレ》乾く百日紅

同右

花《はな》柘榴《ざくろ》雨は銀杏にあかりけり

昭9・5・1「俳句研究」・「迎酒」

掌《たなそこ》に花柚《はなゆ》のせつ、片折戸

昭2「春・全集」

辻占探題（にくいよ）

手なそこに花柚載せつ、片折戸

明33・5・21「読売新聞」・「夏四十五句」

棕櫚の樹の毛たらけにして花の盛哉

明30・6・28「読売新聞」・「夏七十一句」

櫻櫚花

雨や小雨櫻櫚の花散る頻りなり

明30・7・1「文華」・「紫吟集」

染字

雨染めて合歓ほのかなり朝朗

明32・6・24「読売新聞」

貧字

卯の花や灯影貧しき垣続き

明29・4・20「読売新聞」・紫吟社「即吟抄」

卯の花や家をめぐれば小《ちさ》き橋

昭2「春・全集」

卯の花や家を遶れば小さき橋

明33・4・26「読売新聞」・「春夏廿三句」

よしありて卯の花垣の妾《おもひもの》

同右

振袖のみのきて船や花《はな》卯木《うつぎ》

俳句草稿

花二つ紫陽花青き月夜かな

昭2「春・全集」

花ふたつ紫陽花青き月夜かな

明42・6・17「読売新聞」・「昨夜の雨声会」

花一つ紫陽花青き月夜かな

明30・8・10「文華」・紫吟社「紫吟集」・「青」

花幾つ紫陽花青き月夜哉

明30・11・15近藤泥牛編『新派　俳家句集』（白鷗社）

紫陽花の空ある如し瀧の奥

大3・7・23付長嶋隆二宛書簡下書

なつかしい人だつたのに

夏萩を見《み》乍《なが》ら丸髷《まげ》に結ひけるか

大7・7・18『文壇名家書簡集』（新潮社）、久保田万太郎宛書簡。浅草の丸子—鏡花氏作『日本橋』の中の清葉の俤ありと言はれた芸者—が落籍されたと云ふことを、久保田氏から鏡花氏に知らせてやつた時の返事。

寺幽《しづか》に牡丹もゆなり麦の中

昭9・5・1「俳句研究」・「迎酒」

みちのくや牡丹駅またあやめ宿

昭17「岩・全集」

一《いち》八《はつ》やはや程ケ谷の草の屋根

昭9・5・1「俳句研究」・「迎酒」

白菊き菊そのほかに夏菊の紫

黄菊白菊其ほかに夏菊の紫

明30・8・7「北國新聞」・鏡花・酒亭「前書なし理屈なし」

昭17「岩・全集」

撫子の根に寄る水や夕河原

撫子の根による水や夕河原

明33・7・2「東京朝日新聞」・「新茶古茶(六)」

昭2「春・全集」

撫子のなほ其の上に紅さして

昭15・9「柳屋」

撫子の露や伊勢路の草刈女

昭24・5・1「国文学　解釈と鑑賞」

縷紅亭にて

常夏に雨はら〱と白い蝶

昭6・7・10「春泥」

※縷紅亭は、大場白水郎の寓居

常夏のかげもさしたり心太

俳句草稿

露もあらは昼顔の思色に出ん

明34・8・19「俳藪」・「太極会（南岳報）」

昼顔の黄昏見たり歩み侘《わ》び

昭17「岩・全集」

皷子花の黄昏見たり歩み侘ひ　明30・7・26「読売新聞」・「夏三十二句」

昼顔のたそかれ見たりあゆみわひ　明30・8・7「北國新聞」・鏡花・洒亭「前書なし理屈なし」

干《かん》瓢《ぺう》や賤《しづ》の苧《をだ》環《まき》剝《む》きかへし

昭2「春・全集」

干瓢や賤の苧たまきむきかへし

明31・8・15「読売新聞」・紫吟社「夏六十句」

大沼の溢れて蓮の浮葉かな

明29・7・27「読売新聞」・「紫句選」

雲白し山蔭の田の紅蓮華

昭17「岩・全集」

野の池や葉はかりのひし杜若

明29・5・4「読売新聞」・紫吟社「即吟抄」

わが恋は人とる沼の花菖蒲

わか恋や人とる沼の花あやめ　大6・5・1「中央文学」

昭2「春・全集」

案ずるよりうむがやすく、数夫は外国より立帰り、
お静も可愛きものをもふけ候よし。
いかにも新開地に近き古き二階家に御座候。
波切不動に詣で、

即興

寄る浪の松の梢や百合の花

明39・7・10「手紙雑誌」

山の井に棹さす百合の雫かな

明39・8・1「新小説」・「逗子より」

百合白く雨の裏山暮れにけり

昭11・9・1「俳句研究」・「こなから酒」

白百合や明星ケ嶽宮ケ嶽

大3・7・23付長嶋隆二宛書簡下書

階《きざはし》の下に百合咲くお庭かな

句会「(百合)」

百合の花墓場に咲くや五六本

句会「(百合)」

百合咲くや築地のうしろ木戸の前

同右

姫百合と知らぬ仁王が仏かな

同右

河骨の影ゆく青き小魚かな

昭11・9・1「俳句研究」・「こなから酒」

河骨やあをい目高がつゝと行く

昭17「岩・全集」

牛部屋や夕顔覗く鼻の前《さき》

明26・7・14付泉清次宛書簡

夕顔やほのかに縁の棲はつれ
昭9・5・1「俳句研究」・「迎酒」

夕皃に豆腐の水の濁りけり
句会「（氷室　夕顔　火取虫）」

青《あを》蓼《たで》の厨《くりや》も見えて麻《あさ》暖簾《のれん》
昭2「春・全集」

朝風や螢草咲く蘆の中

昭11・9・1「俳句研究」・「こなから酒」

枇杷の枝石燈籠に手《タ》おらんとす

句会「(枇杷)」

松に隠れ楓にかくれ枇杷少し

同右

黄

青梅の妹見さる間に黄みける

明30・8・10「文華」・紫吟社「紫吟集」

桑の実のうれける枝をやまかゞし

昭11・9・1「俳句研究」・「こなから酒」

ほつねんと小法師ひとり桑の道

同右

畦《あぜ》道《みち》を早苗さけたり里《さと》女《をんな》

明30・8・7「北國新聞」・鏡花・洒亭「前書なし理屈なし」

紫蘇の葉の大なるか殊に虫食める

紫蘇の葉の大なるが特に虫ばめる

明31・8・20「太陽」

明33・7・11「読売新聞」

小狸の鼻打当てし茄子かな

小狸の鼻打ちあてし茄子哉

小狸の鼻突当てし茄子かな

明29・7・26「北國新聞」・「百物語」句会「(初茄子　螢狩　夏の月　涼み　釣瓶　朝顔　蝙蝠)」

明29・8・10「文芸倶楽部」・「百物語」

土地神の手戟か胡瓜大なる

明34・8・19「俳藪」・「夏季雑吟」

から瓜に残る小町の歯あとかな

句会「夏ふじ　瓜」

から瓜のからびて暑き畠かな

同右

番小屋の月は明るし瓜の隈

句会「（氷室　夕顔　火取虫）」

萍《うきくさ》の一つになりて流れけり

明30・8・7「北國新聞」・鏡花・洒亭「前書なし理屈なし」

海松《みる》ふさの颯《さ》と大《おほい》なり浪がしら

昭2「春・全集」

海松

海松ふさの颯と大いなり浪かしら

明32・5・23「読売新聞」・むらさき吟社「夏三十八句」

海松房の颯と大いなり波頭

明41・5・28「時事新報」・「雨夜の雨声会」

秋

時候

僧正の髯に残れる暑さかな
句会「残暑と青楓」

山蔭に出水の残る暑さ哉
同右

炭売の麓にならび行く秋ぞ
句会「(行く秋　朝寒)」

湯の山の宿あけわたし行く秋ぞ

同右

朝寒く出女客を送りけり

句会「(行く秋　朝寒)」

朝寒や飯盛かゞむ土竈《どへっひ》

俳句草稿

爪《つま》弾《びき》の妹が夜寒き柱かな
昭2「春・全集」

居所
爪弾の妹か夜さむき柱かな
明30・9・17「読売新聞」

助六を夜寒の狸おもへらく
昭17「岩・全集」

やぼがよし原に参り候

長き夜や鼠ののぞく壁の穴
明31・9・12「読売新聞」・「秋三十八句」

月のよし戸柳かくれの宵寐哉

明33・7・10「文芸倶楽部」・「当季十八回」

月に対してあらひすゞきの雫哉

同右

お見舞に狸も来たり今日の月

俳句草稿

実柘榴《みざくろ》のうらすくばかり月夜かな

昭11・9・1「俳句研究」・「こなから酒」

たをやかに石竹蒔くや七日月

同右

十六夜《いざよひ》やゆふべにおなじ女郎花

同右

十六夜やたづねし人は水神《すゐじん》に
昭2「春・全集」

冠者《かじや》召して豆名月のおんひろひ
明44・10・1「俳味」・「豆名月」

天の川橋を渡れば上総かな
明29・10・31「智徳会雑誌」

銀河天に高張立てし水の番

明31・8・29「読売新聞」・紫吟社「秋五十句」

秋の雲尾《を》上《のへ》の薄見ゆるなり

明31・9・19「読売新聞」・「秋十八句」

山伏の篠《しの》山《やま》渡る初あらし

昭2「春・全集」

山伏の篠山超ゆる初あらし

明29・9・30「智徳会雑誌」

古蚊屋にランプの宿よ初あらし

昭9・5・1「俳句研究」・「迎酒」

あらし凪き雨の色鳥群来るよ

明30・10・11「読売新聞」・「秋三十五句」

物干の草履飛行く野分かな

昭9・5・1「俳句研究」・「迎酒」

ほん皷へんに鳴たり秋の雨

句会「(唐辛　皷)」

稲妻や髯題目を闇に書く

明26・7・14付泉清次宛書簡

稲妻に道きく女はだしかな

昭11・9・1「俳句研究」・「こなから酒」

汽車濡れて碓氷《うすひ》の霧を出たりけり

明38・11・3「帝国画報」・「小夜時雨」

朝霧の下谷はれ行く人馬哉

昭17「岩・全集」

朝霧の下谷はれゆく人馬かな

昭13・7・1「俳句研究」・大場白水郎「泉鏡花」

朝霧や峠旅立つ小提灯《こぢやうちん》

明38・9・3「軍国画報」・「俳諧 草の露」

露寒し露寒し月に蓑着ばや

昭2「春・全集」

露寒し〱月に簑着はや

明29・10・20「読売新聞」・むらさき吟社「秋二十一句」

絵葉書「二見浦より宙外、鏡花、臨風、龍峡氏」

秋晴や直さんこゝに旅姿

明44・7・1「新小説」

地理

秋の山つゞみのこだまめぐるなり

句会「(唐辛　皷)」

衣ずれの音のきこゆる花野かな

昭11・11・16『一周忌記念』久保田万太郎編（双雅房）
※万太郎の妻京の一周忌追悼句

落し水床を見やれば鹿の角

句会「落し水　新そば」

代参の通夜たのもしや落し水

同右

人事

落し水人身御供のはなし哉

句会「落し水　新そば」

岩端や袖打ひらく駒迎

句会「鳴子　駒迎」

駒引の十二三ながうたひける

同右

遠里や七夕竹に虹かゝる

昭9・5・1「俳句研究」・「迎酒」

貸小袖袖を引切るおもひかな

同右

後の雛うしろ姿ぞ見られける

昭17「岩・全集」

後の雛後姿ぞ見られける

明29・10・20「読売新聞」・むらさき吟社「秋二十一句」

砧うつはよい女房か案山子どの

昭9・5・1「俳句研究」・「迎酒」

打ちみだれ片乳白き砧かな

昭11・9・1「俳句研究」・「こなから酒」

新米や木皿並ふる嫗《おうな》たち

明29・9・28「読売新聞」・「紫句撰」

栃餅や蔵よりとうづ砂糖壺

昭11・9・1「俳句研究」・「こなから酒」

新蕎麦の給仕投げだすきほひ哉

句会「落し水　新そば」

新そばに山家の女世帯かな

俳句草稿

新そばの母と娘の給仕かな

句会「落し水　新そば」

新そばにうはばみ語る宿り哉

同右

沙魚《はぜ》釣や遠方《をちかた》に沙魚を釣る一人

明31・9・20「太陽」

打果てて雨の網代《あじろ》に人もなし

打果てゝ雨の網代に人も無し

明31・10・10「読売新聞」・「秋廿句」

昭2「春・全集」

柴濡れて山家の畚いぶりけり

畚《ヒモノ》

明32・11・6「読売新聞」・紫吟社「秋六十三句」

あなめ〳〵畚に歌は無かりけり

畚

同右

誰が鳴子絵馬さかさまにかゝりたる

昭17「岩・全集」

誰か鳴子絵馬倒に懸りたる

明30・10・11「読売新聞」・「秋三十五句」

にぐるとて鳥が鳴らす鳴子哉

句会「鳴子　駒迎」

鳴子縄小姓へ参る文箱哉

同右

来るわ〳〵扱《こ》くあとへ稲を引《ひっ》扛《かつ》ぎ

来るわ〳〵扱く跡へ稲を引扛き

明31・10・31「読売新聞」・「秋四十二句」

昭2「春・全集」

烏帽子きて稲かくるなり神の松

明42・11・20付後藤巍宛絵葉書

新《しん》藁《わら》や馬の尾結ふ一しこき

明30・10・11「読売新聞」・「秋三十五句」

豆引の附《つけ》木《ぎ》ともして居たりけり

句会「豆引　秋の蝶」

豆引のからびた豆がこぼれける

同右

花火遠く木《こ》隠《がくれ》の星見ゆるなり

昭2「春・全集」

花火遠く木隠れの星見ゆる也

明30・8・23「読売新聞」・「夏秋三十三句」

看病の娘出しやる踊かな

昭11・9・1「俳句研究」・「こなから酒」

宗教

魂祭の句

かゝ様《さん》とよんでも見たり魂祭

明26・7・14付泉清次宛書簡

鼻紙に山蟻払ふ墓参かな

昭2「春・全集」

鼻紙に山蟻はらふ墓参かな

明31・8・29「読売新聞」・紫吟社「秋五十句」

動物

たま棚や笹の葉がくれ蓮燈籠《はすどうろ》

昭11・9・1「俳句研究」・「こなから酒」

谷も鹿峠も鹿の鳴音かな

明38・11・3「帝国画報」・「小夜時雨」

鵙《もず》なくや大工飯食ふ下屋敷

昭2「春・全集」

百舌啼くや大工飯食ふ下屋敷

明31・10・31「読売新聞」・「秋四十二句」

南天燭《なんてん》の実にひよどりのさゝやきよ

昭17「岩・全集」

鳴かでたゞ鶺《せき》鴒《れい》居るや石の上

昭2「春・全集」

鳴かて唯鶺鴒ゐたり石の上

明31・9・19「読売新聞」・「秋十八句」

絶壁の蔦に羽たゝく紅《ベニ》雀《スヾメ》

句会「蔦　蚯蚓なく」

浦風や秋の蝶飛ぶ小松原

昭2「春・全集」

秋の蝶さみしさに見れば二つかな

同右

秋の蝶ひとつ飛石を立去らず

句会「豆引　秋の蝶」

上下に秋の蝶居る小枝かな

同右

泉鏡花氏、文士俳優連が集まつての怪談会の幹事とあつて、
その晩はお化に悩まされ通して一睡もせず、
まだ明けやらぬ井の頭公園の畔に立つて

をくれ気やおはぐろとんぼはら〳〵と

大12・8・25「都新聞」・「泉鏡花氏―文壇カメラ行脚22―」

行燈にかねつけとんぼ来りけり

昭11・9・1「俳句研究」・「こなから酒」

振立てゝ啼くあり虫の喞く中に

明31・8・29「読売新聞」・紫吟社「秋五十句」

雨だれにきり〳〵すなく日中哉

明29・10・31「智徳会雑誌」

きりぐ〵す此処《ここ》は砂村《すなむら》瓜畠《うりばたけ》

昭2「春・全集」

草高き築地の上の蟷螂かな

明29・10・31「智徳会雑誌」

ほからかに蚯蚓鳴居る君か門

明30・8・23「読売新聞」・「夏秋三十三句」

植物

陣《ぢん》代《だい》の矢場蚯蚓なく夜明かな
句会「蔦　蚯蚓なく」

松《マ》明《ツ》振れば露もかつ散る山紅葉
明32・11・6「読売新聞」・紫吟社「秋六十三句」

塩原にて
むらもみぢ灯《とも》して行く貉《むじな》の湯
昭2「春・全集」

水《みづ》瓶《がめ》に柳散込む厨《くりや》かな　同右

居所結
水瓶に柳ちり込む厨かな
明30・11・10「文華」・紫吟社「紫吟集」

うらがれの皷打込む下谷哉　句会「（唐辛　皷）」

裏枯や皷打込むがけの下　同右

礫打ツへく打破ルへく胡桃に石の手頃なる
明31・8・8「読売新聞」・紫吟社「夏三十二句」

椎の実のはしり落ちたるつゞみかな
句会「（唐辛　皷）」

木犀の香に染《し》む雨の鴉かな
明31・10・10「読売新聞」・「秋廿句」

木槿垣萩の花垣むかひあひ

昭2「春・全集」

茣蓙《ござ》敷いて橋に桃売る誰か妻か

明31・8・29「読売新聞」・紫吟社「秋五十句」

寺子屋の門に渋柿実のり梟

明29・9・30「智徳会雑誌」

蜜柑青く霜の白きをわびしらに
明32・2・5「太陽」・「雑句帖」・「蜜柑」

蔦かつら蔵の中までかゝりけり
句会「蔦　蚯蚓なく」

雪洞《ぼんぼり》に女の袖や萩の露
昭9・5・1「俳句研究」・「迎酒」

銃口とすれ〳〵高き薄かな

明32・11・6「読売新聞」・紫吟社「秋六十三句」

むら雨や尾花苫ふく捨小舟

昭9・5・1「俳句研究」・「迎酒」

山姫やす丶きの中の京人形

昭17「岩・全集」

されは爰に薄刈萱秋の人

明31・10・31「読売新聞」・「秋四十二句」

中庭や秋海棠の日に疎き

明30・9・6「読売新聞」・「秋二十一句」

門内は月に白菊はかりなり

明30・10・15「読売新聞」

黄菊の鉢白う白菊の鉢黄也

明31・10・31「読売新聞」・「秋四十二句」

小夜更て菊おもむろに香を送る

俳句草稿

関守の菊を活けたり古土瓶

明38・11・3「帝国画報」・「小夜時雨」

湯の山の村村おなじ小菊かな

昭2「春・全集」

湯の山の小村小村や菊の花

湯の道や小村こむらに同じ菊　俳句草稿

昭17「岩・全集」

浜寺に一《ひと》本《もと》咲ける桔梗かな

昭11・9・1「俳句研究」・「こなから酒」

蘆垣に嫁菜花さく洲崎かな
昭2「春・全集」

しそやれて葉も其露もまばらなり
明33・7・10「文芸倶楽部」・「当季十八回」

露草や赤のまんまもなつかしき
昭14・10・25泉家『両頭蛇』・「年譜」

とうがらしあいつからさが過ぎるてな
句会「(唐辛　皷)」

山駕籠や廂にかけし蕃椒
同右

とうがらし駕籠にかけたる山路かな
同右

くろ土や枝豆あをく雨霽《は》る、

明31・9・12「読売新聞」・「秋三十八句」

老《おい》楽《らく》に月見花見や生《なり》瓢《ひさご》

明26・7・14付泉清次宛書簡

田《た》鼠《ねずみ》や薩摩芋ひく葉の戦《そよ》ぎ

昭2「春・全集」

さつま芋

田鼠やさつま芋ひく葉の戦き

明30・9・18「読売新聞」

松《まつ》風《かぜ》やたぐり寄せたる芋のつる

句会「芋と芥と」

城の図をいろりにかいてあぶり芋

同右

大釜に芋洗ひ居る土橋かな

俳句草稿

裏の山零余子《むかご》あれかしと思ふ

明31・9・19「読売新聞」・「秋十八句」

杣《そま》老いて松茸山を守るかな

明29・10・17「読売新聞」・むらさき吟社「松茸十句」

すさまじき蕈《きのこ》の椀や榾《ほだ》あかり

昭17「岩・全集」

手に松露蚤の黒髪たけにあまり

俳句草稿

やれ〳〵て蓮田の中や星の影

明31・9・12「読売新聞」・「秋三十八句」

冬

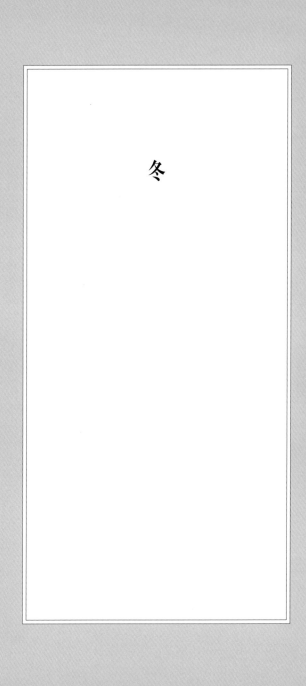

時候

初冬の狐の声ときこえたり
初冬の狐の声と聞こゑけり
明33・1・14「造士新聞」・「初湯集」
昭17「岩・全集」

かたまつて霜夜の汽車を出たりけり
明31・7・3江見水蔭編『鉄道小説 汽車の友』（博文館）・「鉄道俳句」

打透す櫛もほからに小六月
明31・11・29「読売新聞」

ピンゾロの丁と起きたり鐘氷る

昭2「春・全集」

蔵前や師走月夜の炭俵

同右

蔵前や師走月夜のすみ俵

明30・11・29「読売新聞」・「冬廿八句」

倉前や師走月夜の炭たはら

明34・1・31「読売新聞」

冬至風呂

冬至風呂湧いたかと森の木菟の声

昭5・9・5室積徂春編『ゆく春　第二句集』

三十日夜、相州酒匂松濤園に一泊、間近に富士を望み松原に寄する夕波の趣佳し

年の瀬や鶏の声波の音

明35・1・19「俳藪」寅一・「熱海の春」

丸の内夜ぞ更けにける大晦日

明28・12・29「読売新聞」・紫吟社「即吟抄（一題十五分間）」

賓頭盧《びんづる》も寒に入りけん肌さはり

明34・1・10「読売新聞」・秋声会「年頭卅五句」

冬の月焼蛤の二階にて

明治42・11・22付後藤さだ宛葉書

踊れと云はれた怨みあり
式亭三馬のうそ字に習ふて美人に寄す

道行と駈落とあり冬の月

明44・11・18「時事新報」・「宰相文星と会す　第六回雨声会」

徒《かけおち》と徒《よにげ》とあり冬の月

明44・11・18「日本」・「興趣湧くが如き雨声会」

簞笥町の塾に夜更けて犬の吠ゆる声けたゝまし、
雨戸をあけて秋声春葉紫明の面々中にも
今京都に在る白峯腕に覚の強の者、追取刀にて出づ

寒月や盗人を追ふ五六人

明33・1・14「造士新聞」・「初湯集」

凩のよすから峯の五本松

明30・11・22「読売新聞」

こがらしや噴水に飛ぶ鉋屑《かんなくづ》

昭2「春・全集」

凩や天狗が築く一夜塔
同右

凩に鰒《ふぐ》ひっさげて高足駄
昭9・5・1「俳句研究」・「迎酒」

一《ひと》時《し》雨《ぐれ》蓑懸柳夕日さす
明29・11・26「読売新聞」・「冬二十一句」

片時雨杉葉かけたる軒暗し

片時雨杉葉かけたる軒くらし　明30・11・22「読売新聞」

昭2「春・全集」

台町にて

傘さして荷車《にぐるま》曳《ひき》は時雨けり

明32・2・5「太陽」・「雑句帖」・「発句」

川添《かはぞひ》の飴屋油屋時雨けり

昭2「春・全集」

川添や酒屋とうふ屋時雨れつゝ

昭17「岩・全集」

雲一団霰を乗せて矢の如し

明33・1・14「造士新聞」・「初湯集」

鵺《ぬえ》の額《がく》かゝる霙《みぞれ》の峯の堂

昭2「春・全集」

鵺の額凄まじき堂の霙かな

明33・1・14「造士新聞」・「初湯集」

初霜や落葉の上の青笹に

昭17「岩・全集」

朝霜やちよぼに勝ちたる懐手《ふところで》

同右

朝霜やたき火にきほふ馬のつや

平21・3・20『鏡花』（泉鏡花記念館）

縦《じう》横《わう》に交《かう》馳《ち》す霜の複《ふく》線《せん》路《ろ》

明31・7・3江見水蔭編『鉄道小説 汽車の友』（博文館）・「鉄道俳句」

夕霜や湖畔の焚火金《こん》色《じき》に

昭9・5・1「俳句研究」・「迎酒」

初雪や麓に下りる寺男

明33・1・14「造士新聞」・「初湯集」

人の親の雪に餌を飼ふ雀かな

明25・5・14付松井知時鏡花宛書簡

山深雪真白き中の瀧の音

明30・1・10「読売新聞」

松の雪笠の雪とて驕らる、

明38・12・3「帝国画報」・「俳諧 煤はらひ」

驕字

笠の雪簑の雪とて驕らる、

明31・1・10「読売新聞」

深々と雪を被《かつ》げり終列車

朝晴や雪を被《かつ》ける終列車

明31・7・3江見水蔭編『鉄道小説 汽車の友』・「鉄道俳句」

明32・7・1「文芸倶楽部」・「丸雪小雪」・「汽車」

夜の雪鶏啼いて静なり

拙き我が俳諧は銭湯仕込の端唄に似たり、かるがゆゑに冬の句を録して新年の誌上に題とす。

明33・1・14「造士新聞」・「初湯集」

質おいて番傘買ふや夜の雪

昭17「岩・全集」

抱きしめて逢ふ夜は雪のつもりけり

昭17「岩・全集」

音もせで逢ふ夜は雪のつもりけり

明43・11・26「日本」・「第五回雨聲会」

音もせで逢ふ夜は雪の暖かき

明38・12・3「帝国画報・「俳諧　煤はらひ」

雪じやとて遣手が古き頭巾哉

明36・9・19　尾崎紅葉編『俳諧新潮』（冨山房）

飛びかはす鶸《ひわ》よ鶲《ひたき》よ雪の藪

昭11・9・1「俳句研究」・「こなから酒」

結《ゆひ》綿《わた》に蓑きて白し雪《ゆき》女《ぢよ》郎《らう》　同右

一つ咲く薄色椿庭の雪　昭17「岩・全集」

地理

松《ま》明《つ》投げて獣追ひやる枯野かな　昭2「春・全集」

松明投げて獣追遣る枯野哉　明38・12・3「帝国画報」・「俳諧　煤はらひ」

雪掻や蓑《みの》笠《かさ》着たる大人数

昭2「春・全集」・「丸雪小雪」（下）・「汽車」

雪掻や簑笠着たる小百姓

明32・7・1「文芸倶楽部」・「丸雪小雪」・「汽車」

乾きあへす炭団は凍て、割れにけり

明30・12・13「読売新聞」・「冬二十二句」

榾《ほだ》たくや峠の茶屋にいわし売

昭17「岩・全集」

下かけもいうぜんならし置炬燵

同右

啼字

艶なるに子猫啼寄る火燵かな

明31・1・10「読売新聞」

此句御前なりや奥様なりや、いまだ考へす

静々と火鉢離れて臥し給ふ

明33・1・14「造士新聞」・「初湯集」

しづ〳〵と火鉢離れて臥し給ふ

明30・11・2「読売新聞」

夜《よ》興《こ》引《ひき》の鼻赤かりし夜明かな

明33・1・14「造士新聞」・「初湯集」

煤ひたる丁稚か顔も払はれぬ

明30・11・29「読売新聞」・「冬廿八句」

革足袋や奢らぬ人の足黄なり

明38・12・3「帝国画報」・「俳諧 煤はらひ」

驕字

革足袋や驕らぬ老の足黄なり

明31・1・10「読売新聞」

襟巻の綾子《リンズ》真白に美なる僧

明30・11・29「読売新聞」・「冬廿八句」

黙然として麦を蒔く鳥が啼く

明31・12・2「読売新聞」

灯《ひとも》して大根洗ふ小川かな

明32・2・5「太陽」・「雑句帖」・「発句」

宗教

昨日今日夜一夜餅を搗く音よ

明30・11・29「読売新聞」・「冬廿八句」

水《みづ》洟《ばな》や頬当かくる小手の上

明29・11・9「読売新聞」・紫吟社「冬三十三句」

寒垢離の踵小さき女かな

明30・12・13「読売新聞」・「冬二十二句」

動物

猪やてんてれつくてんてれつくと

昭2「春・全集」

京に入りて市の鯨を見たりけり

明30・11・22「読売新聞」

瞋字

小冠者に釣られし河豚の瞋かな

明31・1・10「読売新聞」

鶯子啼

さゝ啼や雀は椽を彼方此方す

明33・1・23「読売新聞」・秋声会、紫吟社「浜町集（一）」

水鳥もなゝつかぞへてなつかしき

昭60・2「泉鏡花「墨の世界」展」

鳥叫びて千鳥を起す遣手《やりて》かな

昭17「岩・全集」

鳥叫の千鳥を起す遣手かな

明30・1・10「読売新聞」

暁や尾上を一つ行く千鳥

明34・1・31「読売新聞」

姥《うば》巫《み》女《こ》が梟《ふくろふ》抱《だ》いて通りけり

昭17「岩・全集」

鴛鴦

鴛鴦やおなじ絵馬見る古社

昭5・9・5室積徂春編『ゆく春　第二句集』

鴛鴦や雪の柳をすらすらと

昭53・5・31『小村雪岱』（形象社）

山笹をたばねて打つや冬の蠅

昭17「岩・全集」

植物

冬桜めじろの群れて居たりけり

昭11・9・1「俳句研究」・「こなから酒」

山茶花に雨待つこゝろ小柴垣

昭17「岩・全集」

山茶花に此の熱燗の恥かしき

昭2「春・全集」

湯の村に菊屋山茶花冬《ふゆ》薔薇《さうび》

昭17「岩・全集」

日あたりや蜜柑の畑の冬椿

大15・2・1「女性」・「雪解」

あるか中に最も甘き蜜柑かな

明30・10・11「読売新聞」・「秋三十五句」

坊が手の蜜柑から〳〵来たかいの

明32・2・5「太陽」・「雑句帖」・「蜜柑」

臥猪《ふすゐ》かと驚く朴《ほゝ》の落葉かな
昭2「春・全集」

落葉

山雀《やまがら》の雀にまじる落葉かな
昭5・9・5室積徂春編『ゆく春　第二句集』

路傍《みちばた》の石に夕日や枯すゝき
昭2「春・全集」

村痩せたり蕪は葉のみ食ふへく

明30・11・22「読売新聞」

月段々大根畠蕎麦畠

明32・2・5「太陽」・「雑句帖」・「発句」

帆柱も大根も立てり鳥羽の浦

明42・11・20付後藤寅之助宛絵葉書

「わが恋は人とる沼の…」

高橋順子

泉鏡花の俳句は見たことがあるという程度だったので、句集と聞いて驚いた。句集というからにはまとまった作品の数があるということだ。あの絢爛たる変化の者や、あやかしの出没する世界と、俳句の世界との通路が果してあるのだろうかと訝った。

本書所収の年譜を見ると、十八歳のとき、尾崎紅葉に弟子入りしているが、紅葉の俳句はいいものだと、私の亡き連れ合いの作家・車谷長吉が教えてくれたことを思い出した。師の俳句を見ているうち、たちまち弟子の鏡花も俳句を作るようになったのだろう。十九歳のときから俳句に親しみ、二十三歳のとき、蕪村の句を筆写している。蕪村には「狐火の燃えつくばかり枯尾花」など妖怪好きの幻想的な句もあって、鏡花はどきどきしたのではないだろうか。

文名が上がるにつれ、新聞や雑誌から俳句の求めも多くなったようだが、六十五歳まで、つまり生涯かけて句作がある。文士仲間の付き合いに、俳句はちょっといいものだったのではないか。鏡花のように語彙は豊富、想像力は強靱、奇想も胆力も人に優れていれば、あとは作ったものを直ちにいいの、悪いの、面白いのと言ってくれる座の人たちが必要なだけである。その楽しさと刺戟が小説を書く上での糧になったと考えるほうが、鏡花の俳句作品と小説に通底するものを探しだそう、などと苦労するよりもいいのではないか。面白い句を面白くなくすることはない。

私がまず気に入ったのは螢の句である。七句あって、螢がつねに鏡花の胸に明滅していただろうことが想像される。

髪長き螢もあらむ夜はふけぬ

「髪長き螢」にはぎょっとさせられる。螢は女人の身から出た魂なのだろう。まだ今生の自慢だった髪をなびかせているらしい。もっとも夜だから髪の毛は見えないのだが、夜もふけてくると、何が起こるか分からない。謎を謎のまま差し出すことができる、それらしくとりつくろわなくてもいい。鏡花は俳句芸術に解放感を感じたかもしれない。

この句には「迎酒」と題されているが、句会の兼題だとして、それに寄せて読むと、螢は酔眼に見た女人のことか。どこからかしのんできたのか。私には魂の螢のほうがいい。

梟の声にみだれし螢かな

梟の声はドスのきいた声で、繊細にしてあえかな螢は驚いてしまうのである。梟は螢の天敵ではないだろうが。鏡花は螢の可憐なさまを愛しているのだろう。可憐といえば、鏡花の句中の小動物は可憐である。

日盛や汽車路はしる小き蟹

蟹はやっぱり横向きに小走りに走るのだろう。沢蟹だったら、谷へ行きたいだろう。巾着蟹の子だったら海へ行きたいだろう。日盛をせっせと走っているさまが、いとしいのである。この句は珍しく実景かもしれない。

河骨やあをい目高がつゝと行く

河骨はスイレン科の多年草で、夏、長い茎の先に黄色い花を咲かせる。「あをい目高」はじっさいにいるのかどうか知らないが、いなくてもいい。遊女の浴衣の模様だとしてもいい。青い目のメダカかもしれない。

大屋根やのぼりつめたる猫の恋

こんなに烈しい猫の恋の句は初めて読んだ。ふつうは烈しいといっても、声がすごかったり、塀から落ちる音がすごかったり、勤勉さが並外れているといったところだが、お寺かどこかの大屋根が彼らの恋の舞台なのである。これからどうなるのだろう、と気をもたせるのは小説家の俳句だからか。一人つぶやいて作っている句ではない。

「山姫」や「雪女郎」の句も読みたい。

「山姫」とは山を守る女神ということだが、季語にもなっている春の野山の美を司る「佐保姫」や秋のそれを司る「龍田姫」とはどうも氏素性がちがうようだ。鏡花の小説「鷺の灯」の中に「山媛」のうわさが出てくるが、こちらは妖怪といったほうがいい。「十六、七の気高い姫」が山道を下りてくるのと擦れ違った旅人がいるとする。「一足《ひとあし》でも踏停《ふみと》まつて、あとを振向《ふりむ》くと、彼方《かなた》も屹《きつ》と、立留《たちど》まつて、下《した》から仰《あふ》いで振返《ふりかへ》る、顔《かほ》には何《なに》もない、雪《ゆき》を唯面長《たゞおもなが》に束《つか》ねたやうな、めんない上臈《じやうらう》と、聞《き》こえた山媛《やまひめ》、一目見《ひとめみ》るものはもんどりを打《う》つて、千丈《せんぢやう》の谷《たに》に落《お》ちるツていひます――。」

「めんない」とは目鼻がないこと。顔に目鼻がなくて、のっぺらぼう、そんな雪女の伝説もあるようだ。「雪を唯面長に束ねたやうな」とは鏡花の想像だろう。ぞくぞくするような質感がある。

山姫やすゝきの中の京人形

この句の山姫のあどけなさ。怖さ。山姫は京人形を大事にして可愛がって、薄の中に寝かせている。その京人形はどこから取ってきたのだろう。ほんとうに人形かしら、なんて考えたくなる。

雪女や雪女郎の句はもっとあるかと思ったが、二句だけだった。期待していたように、艶にして、たおやかである。

春浅し梅様まゐる雪をんな
結綿《ゆひわた》に蓑きて白し雪女郎《ゆきぢよらう》

前の句は、「春浅し」という時候が雪女にとっては哀切である。ちらほら咲きかけた梅の花に「一言ごあいさつを。ごきげんよう」とでも言いかけて消えるような風情がある。後の句は、雪女のすがたを描く。結綿とは島田髷の一種だそうだが、もちろん綿でなくて雪なのである。雪女の正装かもしれない。

鏡花にとっては山姫も雪女もわが世界の賓客であろう。

ところで連れ合いの車谷と私は二人だけの「駄木《だぼく》句会」というのを作って、彼が亡くなるまで断続的につづけた。その席で私は「わが恋はどの紫の花菖蒲」（『高橋順子自筆五十句』平成二八年）と詠んで、車谷に◯をもらったことがあった。この句会では互いに◯、×、△を付け合うのである。

驚いたことに、本書のゲラを見ていくうちに、

わが恋は人とる沼の花菖蒲

が目に飛び込んできた。十七字のうちの十字まで同じだが、中七のすごさ。ものすごさ。私のはきれいなだけで、凡庸だということが身にしみた。おかげで鏡花のただならぬ心眼がよく分かった。花菖蒲のあでやかな恐ろしさも。車谷には池の句がある。話のついでに彼のも披露しよう。「この池が子供沈めり蒲《がま》そよぐ」（『車谷長吉句集』平成一七年）。両者とも人喰い沼や池を幻視しつつも、鏡花はそこに花菖蒲を、車谷は蒲を添えた。その人らしい、と思う。俳句って面白い。明日仏前にお線香を上げるときに報告しておこう。私は雨のときは金沢の鏡花記念館の売店で求めたお香を炷《た》くことにしている。なんだかご縁ができたようでうれしい。

〈たかはし　じゅんこ・詩人〉

解説

秋山 稔

美と幻想の作家泉鏡花は、「文人俳句」の作者の一人に数えられているが、活字になったものだけでも重複を含めて五百句を超えること、雑誌「太陽」の「発句」欄（明治二十九年三、四月、内藤鳴雪選）で正岡子規・高浜虚子・河東碧梧桐と伍したことは、注目されてこなかったのではないだろうか。

田中励儀編「著作目録」（『新編　泉鏡花集』別巻二、平成十八年一月、岩波書店）によれば、生前鏡花の発表した俳句は四百六十九句で、明治時代に三百七十三句、大正時代は十句で、昭和は八十六句というように、明治期が大半を占める。この他に随筆・紀行にも俳句があり、五百句を超える。

周知のように、春陽堂版『鏡花全集』巻十五（昭和二年七月）には、「発句」七十六句が四季別に収録されている。鏡花の句がまとまった形で編集されたのは、この時が最初であった。全集編纂について語った「献立小記」（大正十四年三月一日付「東京朝日新聞」）では、

俳句までも、澄江堂、傘雨両宗匠の選、……但し特別甘点のぬきで、少々ばかり載るらしい。

と控えめに記すが、芥川龍之介・久保田万太郎の「選」であることを明記して、「発句」に対する

自負をうかがわせる。万太郎の畏友大場白水郎が、『鏡花全集』に「朝霧の下谷はれゆく人馬かな」が「落ちてゐる」理由を、作者に尋ねたところ、「あれはあまりうまくないから」と答えたという（大場「泉鏡花」、「俳句研究」昭和十三年七月）。選句に鏡花が関わっていたことは間違いない。なお、芥川は、全集刊行の五年前、「牛門の秀才鏡花氏の句品遥に師翁の上に出づる」というように、鏡花の「句品」を「師翁」尾崎紅葉よりも高く評価していたのであった（「骨董羹」、「人間」、大正九年四月）。

鏡花俳句の特徴

鏡花の俳句について、俳句事典では、

1　浪漫主義作家らしく、理想美とロマンを追求、色彩的配合と趣向を多く用いている。
（『現代俳句大辞典』明治書院、昭和五十五年九月）

2　色彩の配合を多用し、理想的な美意識を追求、華やかな句が多い。
（『現代俳句大事典』三省堂、平成十七年十一月）

というように、「色彩の配合」を多用し、「理想美とロマン」を追求した「華やかな句」と評価する。さらに詳しく述べたものとして、次のようなものがある。

発句は師の紅葉に随つて句作したこともあつたやうであるが、芭蕉・蕪村その他の古句作品に親しんでゐて、それらの句作や表現が陰をさしたと思はれるものや、小説の延長とみていいやうなものなどが目につくと共に、全体としては写生に抒情・感傷をこめたやさしい艶のある句をなしてゐるといへるであらう。

（「解釈と鑑賞」、「特集泉鏡花号」巻頭、無署名。昭和二十四年五月）

このように、鏡花の俳風は、①「色彩の配合」を多用し、「理想美とロマン」を追求した「華やかな句」、②「写生に抒情・感傷をこめたやさしい艶のある句」であり、③「芭蕉・蕪村その他の古句」の影響、④「小説の延長」とみられる句が「目につく」というのが、従来からの指摘である。

俳句との出会い

鏡花と俳句の出会いは、「師の紅葉に随つ」たものである。江見水蔭『自己中心明治文壇史』（博文館、昭和二年十月）によれば、紅葉は「俳諧は実に観察が鋭く、寸句で非常に力の強い云ひ廻しをする。之は小説家としても学ぶべしで、移して以て文章を練るに適す」といい、作家の「観察」眼と文章鍛錬に適う意味から門下生にも勧めたのであった。

鏡花は、明治二十四年十月二十日に紅葉宅の玄関番になったが、半年余りが過ぎた頃から、家族や友人にあてた書簡に詠句を添え始める。現在確認できる最初の句は、「初桜是に命と彫りつけたり」「人の親の雪に餌を飼ふ雀かな」の二句である。明治二十五年五月十四日付の親友松井知時から鏡花に当てた手紙の一節に引用されている。前便に記した鏡花の俳句の句意を尋ねたものである（上田正行「新保千代子氏旧蔵・鏡花関係書簡の翻刻と解説」参照。「鏡花研究」十四号、令和二年三月）。翌年五月十日付父清次宛には「名人がしらべ残すや夕、タンポポ」、同じく七月一日付では、稿料代わりに「源氏物語一部」を紅葉から受け取ったとして「風凉し明石の巻へ吹返へす」と詠み、同十四日付にも、「か丶様とよんでも見たり魂祭」以下五句を記し、「まだ〳〵おもしろいのがござ候」と記す熱中ぶりである。

初めて活字になったのは、「盃の八艘飛ぶや汐干狩」「里の川雨の山吹濁りけり」「植木屋の妻端居して夏近し」で、「紫吟社月並句集（一）」（「詞海」、明治二十八年六月）の十八句に含まれている。紫吟社は、紅葉が堀紫山とともに明治二十三年十月に設立した硯友社の俳句結社である。『詞海』は硯友社系の雑誌で、鏡花は前年十、十二月に丑の刻参りに取材した『黒壁』を掲載していた。二潮干狩りの宴を義経伝説の一場面に見立てた句をはじめ、鏡花らしい美的感覚はうかがえない。二ヵ月後の同誌「紫吟社月並句集（二）」発表の「野へ三度山へ一度の袷かな」以下四句も、同様である。同年十二月二十九日付「読売新聞」には、紫吟社「即吟抄（一題十五分間）」の一句、「丸の内夜ぞ更けにける大晦日」が載った。「読売新聞」は、紅葉の牙城で、紫吟社の選句が頻繁に掲載された。同紙掲載の鏡花の句は、明治三十四年までの六年間で百五十四句に及ぶ。

このように、鏡花の俳句は、紫吟社の活動、紅葉の文学的活動と大きくかかわっている。というのも、紅葉は、明治二十八年から紫吟社と秋声会を中心に、俳句革新に乗り出したからである。紫吟社の句会は、麹町区元園町の小波宅・楽天居で開催された。「小波日記」の同年十二月二十四日に、「今夜紫吟会々するもの廿二名　新に来るもの小栗、泉、堺、土肥、堀、山岸」とあり、鏡花が第三回から参加したことがわかる。なお、鏡花は全四十三回の大半に出席している。

本書口絵に紹介した紅葉と鏡花の句を記した未発表の草稿には、

正月七草巖谷小波氏清水谷の公園にて大歌留多会を催す
之に趣く途上　横寺町の先生句あり
打出てゝ見れは若菜摘むべき雪ならず　紅葉
前夜十時頃より雪降り七草の朝は積ること三寸なりしなり
七草は雪のなづなに何々ぞ　鏡花

とある。俳句を通じた師弟の交流がうかがえるのではなかろうか。この他、牛込区横寺町の紅葉宅や庭続きにあった十千万堂塾でも句会があり、鏡花の随筆「百物語」（明治二十九年七月二十六日付「北國新聞」）では、小石川区大塚町の鏡花宅で、同郷・同門の田中涼葉らと怪談句会を開いたことを伝えている。このように、明治期の鏡花の句の大半は、句会の兼題や即題で詠まれたのであった。

内藤鳴雪の添削

鏡花の遺品（泉名月氏旧蔵資料）には、前引の草稿や句稿・句会の記録など三百枚余りが含まれており、ご遺族の了解を得て、本書にその一部を収録した。

注目されるのは、紅葉の添削の他に、筆跡の異なるものがあることである。つまり、鏡花には、もう一人の俳句の師匠があった。それは、正岡子規の率いる日本派の内藤鳴雪である。随筆「雑句帖　新墓」（「文芸倶楽部」、明治三十年八月）には、

今年春寒、築地本願寺なる直参堂の美人の墓に詣でゝ一句あり。

竹の筒青きが見えて墓の雪

日を経て、鳴雪さんに問ふ、直ちに修正して、

新墓の竹筒青し春の雪

なる句としてたまはりぬ。美人や、去年十一月下旬を以て逝きしもの。わが句、意を尽くすこと能はざりしに、ゆくりなく新墓の一字を得たり。宜しく手向くべし。

というように、鳴雪の添削を受けたことを明記している。ちなみに、「美人」は明治二十九年十一

月二十三日に亡くなった樋口一葉のことである。

『鳴雪自叙伝』(岡村書店、大正十一年六月)には、「太陽に同人の俳句を出す事も、その頃からで、それは編輯者の泉鏡花氏がよく私に俳句を見せた関係からである」とある。「太陽」俳句欄に、子規や虚子・碧梧桐と並んで、俳句を発表したのは、鏡花が編集者として鳴雪と知り合い、教えを受けたからであった。

鳴雪の添削で興味深いのは、「山伏の篠山超ゆる初あらし」(「智徳会雑誌」、明治二十九年九月)を含む一枚である。同草稿には、他に「新蕎麦に山家の女世帯哉」「大釜に芋洗ひ居る土橋哉」など二十五句がある。このうち、八句は句会の記録にある。「新蕎麦に」は、秋声・涼葉・悠々・鏡花の弟洒亭らとの句会「○落し水　○新蕎麦」にあり、「大釜に」も、同じ一座による句会「芋と芥」の記録にある。つまり、鏡花は句会で詠んだ句を、改めて鳴雪に見せて添削を乞うているのである。

また、逆の場合もある。明治二十九年十月二十日付「読売新聞」掲載のむらさき吟社「秋二十一句」の二句「露寒し〳〵月に簑着はや」「後の雛うしろ姿ぞ見られける」も、鳴雪の閲歴を乞い、「○○」の高評価を得ていたのだ。事前に、添削や評価を受けた句を紫吟社の句会に出したものと思われる。自信を持って、句会に臨んだに違いない。なお、同草稿には、「木槿垣萩の花垣むかひあひ」が一句目にあり、「○○」の高評価である。「木槿垣」は、春陽堂版全集以前の初出が確認できない句だが、成立は早く、明治二十九年秋とみられる。

同じ草稿には、もう一つ注目されることがある。それは、七歳下の弟豊春（明治十三年一月生）こと洒亭も、「草に花誰やら見ゆる庵の前」以下八句の添削を受けていることである。洒亭は、明治二十九年六月に兄と同居した。満十六歳であった。十六歳の弟と二十三歳の兄が競って俳句に取り組み、鳴雪の指導を仰いだのである。俳句随筆「ありのまゝ」（「文芸俱楽部」、明治三十年三月）は、鳴雪の添削評価をうけた句を基にして、正月のわびしい日々を兄弟の対話形式の句に詠んでいる。明治三十年八月七日、故郷の「北國新聞」に鏡花・洒亭連名で発表した「前書なし理屈なし」二十三句の背景がうかがわれる。

鳴雪選として、明治二十九年春の「太陽」に発表した鏡花の句は、「土橋からわかる丶梅の小道哉」など、ありのままの情景を詠んだ写生句が大半だが、四月二十日刊の三句目、「腰元の斬られし跡や躑躅咲く」は趣きを異にする。女性の斬殺にまつわる悲惨な伝承の地に躑躅の鮮烈な赤のイメージを接合させた物語性があり、鏡花文学に通じるものを感じさせる。

これに関連して、「凩のよすから峯の五本松」（明治三十年十一月二十二日付「読売新聞」）を含む草稿が注目される。この句は、始め「凩のよすから高し峰の松」であったが、「峰の松」を「峰の五本松」と訂正し、他筆で字余りの「高し」を抹消している。「五本松」は、金沢の卯辰山にあって、天狗の在所という伝承があり、この伝承を用いた幻想的な短編『五本松』（「太陽」、明治三十一年十二月）を想起させる。

同じ草稿には、「おぼろ夜や片輪車のきしる音」（「ハガキ文学」、明治三十八年四月）もある。この句は、始め「凩や大路を馬車のきしる音」であったが、「大路を馬」を抹消して「片輪車」に鏡花が訂正している。実景を一挙に「百鬼夜行図」の世界に転じたのであった。「凩や」の上に他筆で「朧夜や」と書き加えているが「凩や」はそのままになっている。異体句として、掲出した次第である。同じ草稿には「窓ごしや百鬼練りゆく夜半の秋」もあり、「百鬼夜行」が念頭にあったことは明らかである。この他、「松明投げて獣追遣る枯野哉」（「帝国画報」、明治三十八年十二月）も同じ草稿にある。始め「松明投げて枯野の獣追ひやりぬ」だったが、他筆が下の句を改めている。「凩のよすから」の句、「片輪車」の句、「松明投げて」の句の上には、いずれも「〇〇」があり、鳴雪の添削と評価と考えられる。

このように見てくると、鳴雪の添削は、写生句と併せて、妖美な物語性を積極的に評価したといってよい。

蕪村七部集の筆写

物語性を俳句に積極的に取り入れたのは、いうまでもなく与謝蕪村の一派である。鏡花は、随筆

「雑句帖　向の女房」（「文芸倶楽部」、明治三十年八月）で、「お手討の夫婦なりしを衣がへ」「蝙蝠や向の女房こちを見る」を取り上げて、「蕪村の此句は名高きものなり」といい、「然るに、このをぢさん、またかういふのがある」と述べて「酒を煮る家の女房ちよと惚れた」を紹介し、蕪村への関心を喚起している。

明治三十年前後の蕪村再発見・再評価については、鳴雪がその中心にいたことが知られている。鳴雪がいかに蕪村句に関心を抱いたか。蕪村句集を最初に入手したものに賞を与えると公言し、写本を探し出した片山桃雨に硯を贈ったのだし、二十七年には自身が古書店から『蕪村句集』上下揃本を購入したことでも明らかである。

一方、紅葉は、伊藤松宇宛書簡で「蕪村蘭更の輩が詞つかひは信憑するに足らずと存候彼等は決して歌学に深きものならず別して蕪の如きは手に葉を知らざる句ども有之小生の常に服せざる所に御座候」（明治三十五年九月二十三日付）というように、蕪村を評価しなかった。鏡花に蕪村への関心を抱かせたのは、鳴雪と考えられる。

鏡花の草稿には、驚くべきことに、〈蕪村七部集〉、『続明烏』（高井几董編、安永五年）・『五車反古』（維駒編、天明三年）からの筆写、十四枚がある。発句を中心に『続明烏』から九十二句、『五車反古』からは七十四句を抜粋している。注目されるのは、鏡花が抜粋したのは、景色を詠んだ「景気の句」ではなく、「物語めいた句」であることだ。山下一海「夜半亭四部書」（『〈新日本古典文学大系〉天明俳諧集』、平成十年四月）が、例示する「夕立や草葉を摑むむら雀」（『続明烏』）、「みのむしの古巣に添ふて梅二輪」（『五車反古』）などの「景気の句」は、筆写せず、「行春や撰者をうらむ歌の主」「負まじき角力を寐物がたり哉」（『続明烏』）、「岩倉の狂女恋せよほとゝぎす」「遠浅に兵舟や夏の月」（『五車反古』）などの「物語めいた句」を筆写しており、興味関心を抱いた句を抜粋したことがわかる。

俳句への影響としては、俳句草稿の「琵琶抱いたまゝ夏のわかれ哉」があげられるだろう。この句は、「ゆく春やおもたき琵琶の抱ごゝろ　蕪村」（『五車反古』春之部）を踏まえ、蕪村の「ゆく春」を「夏のわかれ」に改め、恋人に会えないつらさを、夏の夜、恋人と別れた未練に転じたものであり、「物語的な傾向」への共感を認めることができる。また、俳句草稿「五月雨を句集うつして暮れにけり」「五月雨に句集うつす身を清めけり」の「句集」は、これらをさすものと思われる。

鏡花俳句の物語性

鏡花が『続明烏』・『五車反古』から「物語めいた句」を筆写したのは、以下に述べるように、明治二十九年のことと推察される。折しも、明治二十九年六月十四日付「北國新聞」に発表した『妙の宮』以降、母性豊かな独特の幻想世界が成立した時期であり、鏡花の俳句も「物語めいた句」が多くなり、鏡花作品と地続きの物語性を帯びるようになる。

「五月雨を句集うつして暮れにけり」と同じ草稿に、「夜に入れば人の来まじき処ぞ蝙蝠住む」という句がある。上述の『妙の宮』の冒頭、「夜に入れば人の来まじき処ぞ。」と共通するもので、小説と俳句が地続きになっている。この草稿の成立は、『妙の宮』と同じ時期と考えるのが自然であろう。

「龍潭に初霞松の翠なり」という俳句草稿もある。同年十一月「文芸倶楽部」に発表した『龍潭譚』の表題と共通する句であり、「一夜の風雨にて、くるま山の山中、俗に九ツ谺といひたる谷が、「忽ち潭になりぬ」という龍潭誕生を描く作品の舞台のその後を想像させる。この句を含む草稿の二十一句は、いずれも新年の句で、「元朝を傾城いまだ年あけず」「父母いまさず二人わびしき雑煮哉」（洒亭）がある。前引の「ありのまゝ」に収録した句であり、明治二十九年十二月か三十年一月の作と考えられる。

これに先行する「大沼の溢れて蓮の浮葉かな」「雷やむて雄瀧の音となりに凫」（明治二十九年七月二十七日付「読売新聞」・「紫句選」）の二句も、『龍潭譚』の「一段高まる経の声、トタンにはたゝがみ天地に鳴りぬ。（中略）瀧や此堂の上にかゝるかと、折しも雨の降りしきりつ」という後半部を想起させる。「紫句選」の二句は、『龍潭譚』を構想していた時期の句案と考えられる。

代表作『高野聖』（「新小説」、明治三十三年二月）に連なる句もある。明治三十三年七月二十六日付「読売新聞」俳句欄の「山蛭の笠に落ちけり杉木立」である。作者は、鏡花でなく大滝愚仏だが、重要なのは、鏡花が同じ俳句欄に、「花一つ紫陽花青き月夜かな」を寄せていることである。前句「山蛭の」は、『高野聖』の蛭の森を詠んだものだが、「花一つ」は、鏑木清方の挿絵でも知られるように、山中の一軒家の庭に咲く「紫陽花」を想起させる。紫吟社の句会で、愚仏が『高野聖』の印象を読み込んだ句を披露したのに、鏡花が「花一つ」の句で応えたのであった。なお、この句は、明治三十年八月「文華」の「紫吟集」が初出であり、「読売新聞」俳句欄は再掲である。

大正時代の句では、「わか恋や人とる沼の花あやめ」（「中央文学」、大正六年五月）が、逗子を舞台にした『沼夫人』（「新小説」、明治四十一年六月）を連想させる。心中未遂に終わった恋人お房への思いを残した小松原が、白骨を蒼沼に返したあと、お房と再会して、沼で月を仰ぎ見る場面で、「爪先に、美しい綾が立ち、月が小波を渡るやうに」お房の裳《もすそ》の「襞褙《ひだ》を打つた」瞬間、「沼の中なる水の上」にいると気づいて夫人にすがる。沼に帰った白骨は、お房のものであり、小松原は危うく沼に引き込まれるところであった。この句が、『沼夫人』を念頭においているのは、明らかである。

昭和期では、「こなから酒」（「俳句研究」、昭和十一年九月）の一句、「灌仏や桐咲くそらに母夫人」が、「春月や摩耶山忉利天上寺」（初出未詳。春陽堂版全集収録）とともに、摩耶夫人に取材した『無憂樹』（日高有倫堂、明治三十九年六月）及び随筆「一景話題　夫人堂」（「新小説」、明治四十四年六月）・『峰茶屋心中』（「新小説」、大正六年四月）などの摩耶夫人に取材した作品群と関係する。特に、「無憂樹」の一節、摩耶夫人を祀る無憂寺で、家出した次郎助に声をかけられた巡礼六部が境内の花桐を見上げる場面、「御堂の中には摩耶夫人。六部は額に手を加へ、頭を下げ、頂いて、其花桐の蔭を行く」に通じる。亡き母と摩耶夫人が一緒になって、主人公の危機を救う作品群である。

同じく「こなから酒」の「稲妻に道きく女はだしかな」は、金沢を舞台にした『傘』（「随筆」、大正十三年一月）を連想させる。激しい雷雨の中、正装した狂女が女郎花を描いた傘をさすこともなくさまよい出て交番で保護される。カーテンの奥ですすり泣く美人は、「足ばかりが板へ出て、紅い切れが血のやうに搦んで、真つ白で、跣足《はだし》でした」というように、はだしである。雷雨が、その激しさゆえに、ゆかしいものへの思いを抑えきれずにいる女性の感情を解き放してしまう。現世に働きかけるもう一つの世界の影を描くという点で、俳句と小説の境はない。

このように、成立の前後に関わりなく、鏡花は、明治から昭和まで、自作とつながる俳句を詠んだのであった。

恋愛句と女性美の追求

妖美な物語性と関連して、男女の愛情の機微を描く恋愛句や女性美を追求した俳句も、鏡花の俳句を特徴づけている。しかし、明治期には、恋愛句や女性の美を追求した句は多くない。「君と我糸にぬきしよ此椿」（明治三十年二月六日付「読売新聞」・「春述懐」）をはじめとして「爪弾の妹か夜さむき柱かな」（同年九月十七日付「読売新聞」・「居所」）、「艶なるに子猫啼寄る火燵かな」（明治三十一年一月十日付「読売新聞」・「啼字」）、「音もせで逢ふ夜は雪の暖かき」（明治三十八年十二月、「帝国画報」・「俳諧 煤はらひ」のち「抱きしめて逢ふ夜は雪のつもりけり」）などがあげられる。大正時代は、「わが恋は」の他に、「恋人と書院に語る雪解かな」（大正十五年二月「女性」）がある。むしろ春陽堂版『鏡花全集』・「発句」の「爪紅の雪を染めたる若菜かな」「雪洞をかざせば花の梢かな」「紅閨に簪落ちたり夜半の春」「花李美人の影の青きまで」や「迎酒」（昭和九年五月「俳句研究」）の「ゆく螢宿場のやみを恋塚へ」「うすもの丶螢を透す螢かな」「貸小袖袖を引切るおもひかな」「雪洞に女の袖や萩の露」、「こなから酒」の「打ちみだれ片乳白き砧かな」など晩年に向かうとともに、妖艶さを増している。特に、「うすもの丶螢を透す螢かな」は、「婦人十一題　六月」（大正十二年六月、「婦女界」）で、汽車の窓に肘をついた「前髪清き夫人」の裳に忍び入った蛍が、「褄に入りて、上の薄衣と、長襦袢の間を照らして、模様の花に、葉に、茎に、裏透きてすら〳〵と移るにこそあれ。あゝ、下じめよ、帯よ、消えて又光る影、乳に沁むなり」という一節に通う極美の句であろう。

以上、従来指摘されて来たことを、俳句草稿を中心に補足したにすぎないが、鏡花の俳句の全貌がほぼ明らかになったこの機会に、本俳句集を通じて、鏡花文学、鏡花俳句の新たな魅力の発見・再評価につながることを願う。なお、『鏡花全集』収録句の初出が分からないものが少なくない。今後の調査が待たれる。

終わりに、すばらしい玉稿を賜った高橋順子氏、泉名月氏旧蔵資料の紹介を快諾いただいた岡本卓三氏、草稿の翻刻や資料収集にご協力いただいた泉鏡花記念館学芸員の穴倉玉日氏、石崎建治氏、佐藤外美子氏、鈴木恋奈氏、さらには粘り強く擱筆を待っていただいた紅書房の菊池洋子氏に深く感謝申し上げます。

付記　資料の検証等は、科学研究費・基盤研究C「泉名月氏旧蔵、泉鏡花未調査資料の実証的研究」（課題番号：17K02469）に基づく。

泉鏡花略年譜

一八七三年（明治六年）
十一月四日、石川県金沢町下新町二十三番地に父清次（三十二歳）・母すず（二十歳）の長男として誕生。父は加賀象嵌彫金師。母は江戸生まれ、加賀藩御手役者葛野流大鼓師中田萬三郎豊喜の娘。慶応四年家族と移住。
一八七七年（明治十年）　四歳
八月三日、妹他賀生れる。母、草双紙の絵解きをする。
一八八〇年（明治十三年）　七歳
一月三十一日、弟豊春生れる。四月、養成小学校に入学。
一八八二年（明治十五年）　九歳
十二月三日妹やゑ出生、三週間後の二十四日、母死去。
一八八四年（明治十七年）　十一歳
六月行善寺の摩耶夫人像に参詣、亡母を重ねる。九月金沢区高等小学校入学、愛真学校（北陸英和学校）に転校。
一八八八年（明治二十一年）　十五歳
第四高等中学校補充科を受験するも、不合格。
一八八九年（明治二十二年）　十六歳
四月尾崎紅葉『二人比丘尼色懺悔』に魅了される。六月富山で塾、知事の娘（後の佐佐木信綱夫人）の家庭教師。
一八九〇年（明治二十三年）　十七歳
十月二十八日小説家を志し上京。知人の居候として転々。
一八九一年（明治二十四年）　十八歳
十月十九日、尾崎紅葉訪問。翌日から玄関番となる。
一八九二年（明治二十五年）　十九歳
五月、友人に「初桜是に命と彫りつけたり」等二句送る。十月『冠弥左衛門』連載。十一月実家類焼、一時帰郷。
一八九四年（明治二十七年）　二十一歳
一月九日、父死去、帰郷。生活苦から自殺を想う。九月上京。十一月『義血侠血』「読売新聞」連載。
一八九五年（明治二十八年）　二十二歳
二月博文館の大橋乙羽宅で編集に従事。四月『夜行巡査』、六月『外科室』で新進作家として認められる。「詞海」に「植木屋の妻端居して夏近し」など三句。十二月紫吟社句会に参加、「読売新聞」紫吟社俳句欄に一句。
一八九六年（明治二十九年）　二十三歳
三、四月、鳴雪選「太陽」俳句欄に九句掲載。五月、小石川大塚町五十七番地に借家。六月、祖母と弟（豊春。洒亭、のち斜汀）を東京に迎える。蕪村七部集『続明烏』『五車反古』を筆写。七月、怪談俳句随筆「百物語」。十一月『照葉狂言』『龍潭譚』。十千万堂塾の句会に参加、この年、三十一句発表。
一八九七年（明治三十年）　二十四歳
三月俳句随筆「ありのまゝ」発表。八月洒亭と連名の「前書なし理屈なし」を「北國新聞」に掲載。自宅で友人と句会。この年六十七句発表。
一八九九年（明治三十二年）　二十六歳
一月硯友社宴会で芸妓桃太郎（伊藤すず）を知る。秋、牛込南榎町二十二番地に転居、この年十九句発表。
一九〇〇年（明治三十三年）　二十七歳
一月「徳島日日新聞」に「長閑」、「造士新聞」に「初湯集」、二月『高野聖』。この年七十四句発表。
一九〇二年（明治三十五年）　二十九歳
一月俳句紀行「熱海の春」を「俳藪」に。「新小説」俳句選者。この年五句発表。
一九〇三年（明治三十六年）　三十歳
一月、牛込区神楽町二丁目二十二番地ですずと同棲。四月紅葉に叱責され、同居解消。九月紅葉編『俳諧新潮』刊、四十句掲載。十月三十日、紅葉胃癌のため三十六歳で死去。門弟代表として弔辞を読む。
一九〇四年（明治三十七年）　三十一歳
四、五月弟と帰郷、四高の西田幾多郎らと交流。七月、俳句紀行「左の窓」に十四句。従弟の松本長結婚。
一九〇五年（明治三十八年）　三十二歳
二月二十日祖母きて、八十六歳で死去。夏胃腸悪化、逗子転居。九月以降、「軍国画報」「帝国画報」に二十七句。
一九〇六年（明治三十九年）　三十三歳
一月「帝国画報」に五句。逗子で李長吉・和泉式部に親しむ。十一、十二月『春昼』『春昼後刻』。この年十二句。
一九〇七年（明治四十年）　三十四歳
一月「俳藪」に二句。同月から四月『婦系図』。六月、西園寺公望首相の文士招待会寄書に一句。
一九〇八年（明治四十一年）　三十五歳
一月『草迷宮』。五月、雨声会寄書に一句。
一九〇九年（明治四十二年）　三十六歳
二月、逗子から帰京、麹町区土手三番町三十番地に住む。四月、文芸革新会に参加。六月、雨声会寄書に一句。
一九一〇年（明治四十三年）　三十七歳
一月『歌行燈』、五月麹町区下六番町十一番地に転居。
十一月、雨声会寄書に一句。
一九一一年（明治四十四年）　三十八歳
九月『名所句集　俳山水』刊。十月「俳味」に「豆名月」。
十一月、雨声会寄書に一句。

一九一三年（大正二年）　四十歳
三月『夜叉ケ池』。六月久保田万太郎を知る。
一九一七年（大正六年）　四十四歳
五月「中央文学」に短冊二句。九月『天守物語』。十二月一日、親交のあった画家池田蕉園死去。
一九一八年（大正七年）　四十五歳
一月蕉園の忌明けの配り物に題句、七月芥川龍之介を知る。
一九二一年（大正十年）　四十八歳
五月、平泉・松島・飯坂温泉を訪ねる。八月「婦女界」アンケートに東北旅行に取材した二句。
一九二三年（大正十二年）　五十歳
九月一日、関東大震災、四谷見附の公園に避難。
一九二五年（大正十四年）　五十二歳
三月一日春陽堂版『鏡花全集』出版記念会。五月「新小説　臨時増刊　天才泉鏡花」刊行、短冊二句。
一九二七年（昭和二年）　五十四歳
四月、俳人を主人公にした『河伯令嬢』。七月『鏡花全集』巻十五に澄江堂・傘雨選「発句」七十六句掲載。同月二十四日芥川龍之介自殺。弔辞を読む。
一九二八年（昭和三年）　五十五歳
九月改造社版『現代日本文学全集第十四篇　泉鏡花集』に春陽堂版全集収録句、七十六句掲載。
一九三一年（昭和六年）　五十八歳
七月「春泥」に一句。十一月、すず夫人と最後の帰郷。
一九三三年（昭和八年）　六十歳
三月弟斜汀、徳田秋聲経営のアパートで発病、三十日死去。昭和初年以来の秋聲との不仲解消。
一九三四年（昭和九年）　六十一歳
五月「俳句研究」に「迎酒」二十七句。
一九三六年（昭和十一年）　六十三歳
九月「俳句研究」に「こなから酒」三十八句。
一九三七年（昭和十二年）　六十四歳
一月『薄紅梅』、六月、帝国芸術院会員となる。
一九三八年（昭和十三年）　六十五歳
三月日本橋西河岸、延命地蔵に花柳章太郎奉納「お千世の額」に一句、七月「俳句研究」に大場白水郎「泉鏡花」。
一九三九年（昭和十四年）
四月、谷崎潤一郎の長女鮎子と佐藤春夫の甥竹田龍児の媒酌人。七月『縷紅新草』。九月七日、肺腫瘍で逝去。満六十五歳。枕元の手帳に「露草や赤のまんまもなつかしき」。

（編者編）

五十音索引

本集の鏡花俳句を表音式五十音順に配列。初句が同じ句の場合は、適宜、表記を定めて一つの初句で代表させた。異体句は省いた。各句下の漢数字は本文の頁を示す。

ひ

ふ

へ

ほ

ま

窓々や青田見めぐる　七六
まな板に旭さすなり　二一
幻の添水見えける茂り　一〇五
豆引の
　からびた豆がこぼれ　一五二
　附木ともして居たり　一五二
丸の内夜ぞ更けにける　一七八

み

三日月の流れ〱て　四三
蜜柑青く霜の白きを　一六四
実柘榴のうらすく　一三六
陵や常盤木古りて　三四
水瓶に柳散込む厨かな　一六一
水鳥もなゝつかぞへて　一九六
水洟や頰当かくる小手　一九四
味噌糟や東風に乾かす　三
溝川に蓮咲きけり　六八
みちのくの菅刈る宿に　九〇
みちのくや牡丹駅また　一一四
路傍の石に夕日や　二〇一
道端や雪の下草見え　六三
道行と駈落とあり冬の　一七九
道行や雲の峰見る　六七
皆消えて一つの螢　九六
簔ながら門田の若菜　二一
御代の春世界之日本と　一四
海松ふさの颯と大なり　一三九

む

むかふるに柳おくるに　四六
木槿垣萩の花垣むかひ　一六三
紫の映山紅となりぬ　五五
むら雨や尾花苫ふく　一六五
むらもみぢ灯して行く　一六〇
村痩せたり蕪は葉のみ　二〇二

め

名人がしらべ残すや　六二
面小手や蜂の巣落す　四四

も

木犀の香に染む雨の鴉　一六二
黙然として麦を蒔く鳥が　一九三
鵙なくや大工飯食ふ　一五四
物言はぬ僧に逢ひけり　九三
物干の草履飛行く野分　一三九
もゝたゝき浄瑠璃語り　八六
門内は月に白菊はかり　一六六

や

矢叫や沖は怪しき　七四
宿々の蚤おち合ひぬ　九九
山行けばはじめて松を　一六
山蔭に出水の残る暑さ　一三三
山駕籠や廂にかけし　一七〇
山雀の雀にまじる落葉　二〇一
山笹をたばねて打つや　一九八
山寺に二人わひしき　八六
山鳥の雌雄来て遊ぶ　四一
山の井に棹さす百合の　一二〇
山端や一もと桜おそ桜　五四
山姫やすゝきの中の　一六五
山吹に
　蓑着て通る　五九
　よき句すくなし　五九
山吹の雨やしやうぎに　五九
山伏の篠山渡る　一三八
山深雪真白き中の瀧の　一八六
山焼くや豊公小田原の　三五
やれ〱て蓮田の中や　一七四

ゆ

結綿に蓑きて白し　一八九
夕皃に豆腐の水の　一二四
夕顔やほのかに縁の　一二四
夕霜や湖畔の焚火金色　一八五
夕すゞみ猿にうちはを　八五
友染の夜具欄干に椿かな　四八
夕立の海見る椽や　七三
ゆふだちや洗つて酒を　七四
夕月や
　一本杉のかゝり凧　三七
　柳をいどむ獺の影　五七
夕なきす鷺たかき　四〇
雪掻や蓑笠着たる大人数　一九〇
雪じやとて遣手が古き　一八八
ゆく螢宿場のやみを　九七
夕立晴れて礫柱ならび　七三
湯の村に菊屋山茶花　一九九
湯の山の
　小村小村や　一六八

編者略歴

秋山　稔（あきやま　みのる）

昭和二十九年（一九五四）一月、千葉県館山市に生まれる。県立安房高等学校、慶應義塾大学大学院文学研究科国文学専攻修了。都立高校教諭を経て、金沢学院大学文学部教授、現在、同大学学長、泉鏡花記念館館長。博士（文学、慶應義塾大学）。

著書、『百年小説の愉しみ』（ポプラ社）、『泉鏡花　転成する物語』（梧桐書院）、『新編　泉鏡花集』（共編、岩波書店）、岩波文庫『歌行燈』（注釈・解説）、『読んでおきたい日本の名作　泉鏡花Ⅰ　照葉狂言・夜行巡査他』（注釈・解説、教育出版）、『水木しげるの泉鏡花伝』（監修、小学館）、『本当にさらさら読める！現代語訳版　泉鏡花〔怪異・幻想〕傑作選』（監修、ＫＡＤＯＫＡＷＡ）、『本当にさらさら読める！現代語訳版　泉鏡花〔観念・人世〕傑作選』（監修、同）等。

泉鏡花俳句集　秋山稔編　奥附

著者　泉鏡花＊発行日　二〇二〇年十一月四日　初版
発行者　菊池洋子＊印刷所　明和印刷＊製本所　新里製本
発行所　〒一七〇-〇〇一三　東京都豊島区東池袋五-五二-四-三〇三
紅（べに）書房　info@beni-shobo.com　http://beni-shobo.com
電話　〇三（三九八三）三八四八
FAX　〇三（三九八三）五〇〇四
振替　〇〇一二〇-三-三五九八五
落丁・乱丁はお取換します

ISBN978-4-89381-337-4
Printed in Japan, 2020